Bevor es hier losgeht, muss ich mich unbedingt bei Ines Wiesner bedanken, der die Idee zu „Zauberhafte Dresdner Weihnacht" gekommen ist. Sie hat es zu ihrem Herzensprojekt gemacht und

nun dürfen Margarethe Alb, Nora Gold und ich die Autorinnen sein, die unter dem wundervollen Label unseren Weihnachtssenf dazu abgeben.

Herzlichen Dank, liebe Ines!

FSC
www.fsc.org
MIX
Papier aus ver-
antwortungsvollen
Quellen
Paper from
responsible sources
FSC® C105338

Denise Bormann

Alle Jahre wieder ... mörderisch beschauliche Weihnachten

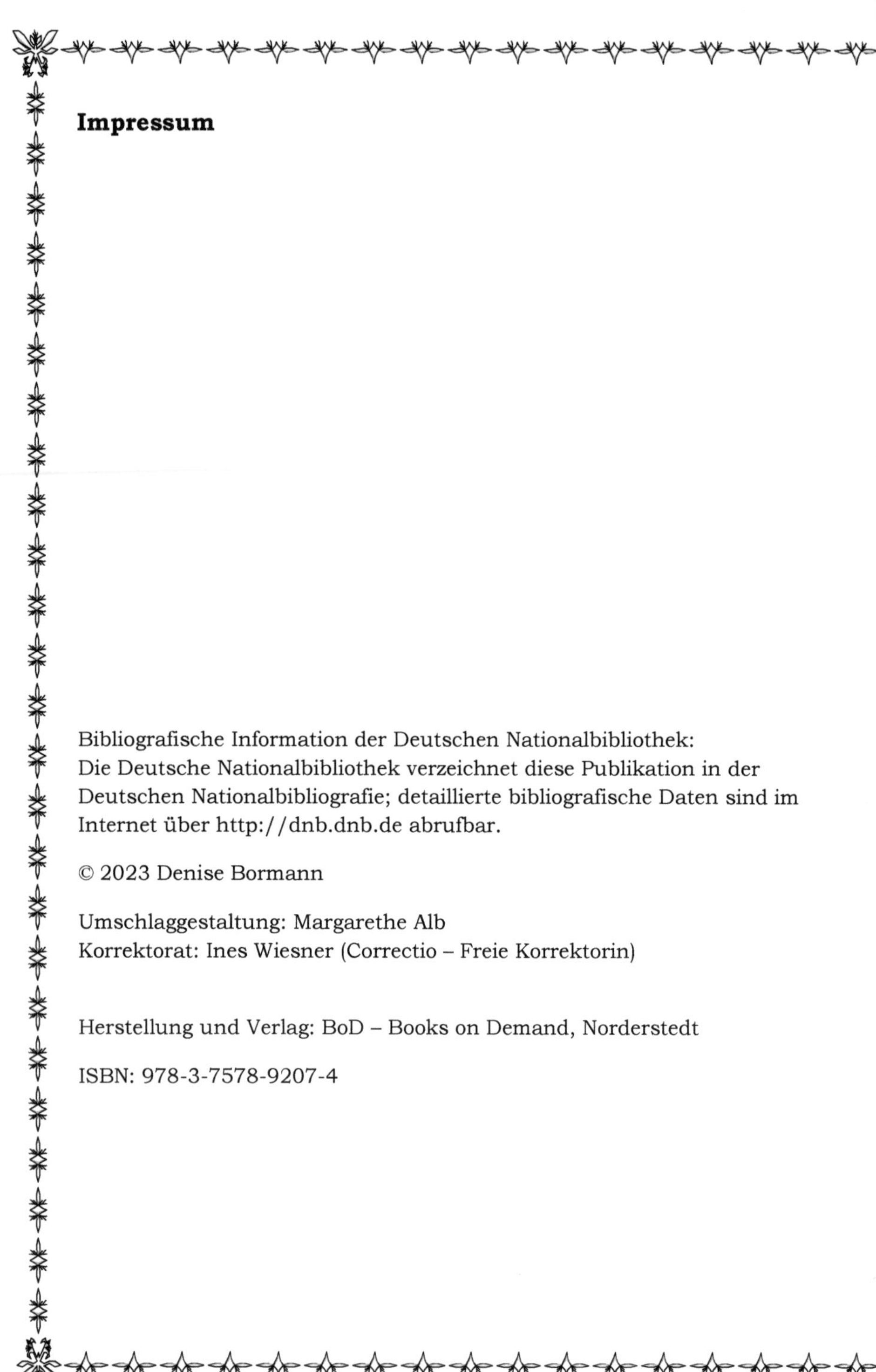

Impressum

Bibliografische Information der Deutschen Nationalbibliothek:
Die Deutsche Nationalbibliothek verzeichnet diese Publikation in der
Deutschen Nationalbibliografie; detaillierte bibliografische Daten sind im
Internet über http://dnb.dnb.de abrufbar.

Umschlaggestaltung: Margarethe Alb
Korrektorat: Ines Wiesner (Correctio – Freie Korrektorin)

Herstellung und Verlag: BoD – Books on Demand, Norderstedt

ISBN: 978-3-7578-9207-4

Eingewickelt in eine dicke, weinrote Wolldecke macht Karin es sich auf dem bequemen Ohrensessel im Wohnzimmer gemütlich. Sie sitzt neben dem offenen Kamin, in dem ein prasselndes Feuer brennt. Das Knacken des Holzes und die Wärme der Flammen lassen Karin entspannen. Auf ihren Knien liegt ein, mit einem dunkelbraunen, ledernen Einband und goldenen Ornamenten verziertes, Fotoalbum.

Liebevoll streichen Karins Finger über das Leder. Ein verträumtes Lächeln ist in ihrem Gesicht zu sehen. Für Karin ist dieses Album etwas ganz Besonderes, vielleicht sogar ihr wertvollster Besitz, allerdings nicht in materieller Hinsicht.

Begonnen hat alles vor 29 Jahren. Da ist der erste Eintrag entstanden. Es ist ein Foto, verziert mit filigranen Zeichnungen und ein paar handschriftlichen Erinnerungen. Das Foto zeigt ihr jüngeres Ich, wie es glücklich in die Kamera lächelt. Am Ringfinger der linken Hand, die Karin mitten in die Linse hält, blitzt ein schlichter Ring mit einem eingefassten roten Jaspis.

Sie erinnert sich an diesen Tag, als sei es gestern gewesen. Karin war mit Lars, ihrem damaligen Freund und jetzigem Ehemann, zu dem allererersten Dresdner Stollenfest am Striezelmarkt gegangen. Wobei, so ganz stimmte das ja eigentlich nicht, zumindest dann nicht, wenn man den historischen Hintergrund betrachtete, das „Zeithainer Lustlager". Dem folgte 264 Jahre später dann das 1. Dresdner Stollenfest. Bei diesem war, angelehnt an das historische Vorbild, ein 1.800 Kilogramm schwerer Dresdner Christstollen gebacken und in der historischen Dresdner Altstadt präsentiert worden. Dieses Spektakel hatten sie sich natürlich nicht entgehen lassen wollen und so hatten sie, zusammen mit tausenden anderen Menschen, dieses Kunstwerk menschlicher Backkunst bewundert. Und nach dem Bewundern auch genossen, denn genau wie bei dem historischen Vorbild war der Riesenstollen in viele tausend Portionen aufgeteilt und verspeist worden. Das dieses Fest nach so langer Zeit wiederauflebte und sie beide ein Teil dieses, historisch anmutenden, Momentes sein durften, war bereits etwas ganz Besonderes gewesen. Der Stollen hatte einfach himmlisch geschmeckt. Doch der Moment, von dem Karin sich sicher ist, dass sie ihn niemals vergessen wird, war erst im Anschluss gewesen, als die Menschenmenge schon begonnen hatte sich aufzulösen.

Wahllos hatte Lars einen Mann angesprochen, der an ihnen vorbeilief, und hatte ihm seinen Fotoapparat gegeben, mit der Bitte, ein Erinnerungsfoto von ihnen beiden zu machen. In dem Moment, als der Passant das erste Mal auf den Auslöser gedrückt hatte, hatte Lars eine Schatulle aus der Jackentasche gezogen, aufgeklappt und sie um ihre Hand gebeten. Der Mann hatte weiter fotografiert, während sie alle möglichen Emotionen durchlaufen hatte und ihrem Freund dann mit einem lauten „JA!" um den Hals gefallen war. So war eine wundervolle Fotoreihe, mit großen, authentischen Emotionen, entstanden.

Eines der Fotos hat Karin ganz vorn auf dem Deckblatt des Albums platziert, zusammen mit einer Nahaufnahme des Rings. Für das Jahr 1994 hat sie sich für ein Foto entschieden, das Lars von ihr gemacht hatte, nachdem sie seinen Antrag angenommen hatte.

Irgendwie hatte es sich für sie richtig angefühlt, eine Aufnahme zu wählen, an der nur sie beide beteiligt gewesen waren. Diese symbolisiert den Start in ihr gemeinsames Leben. Jedes Mal, wenn sie das Foto ansieht, spürt sie wieder all diese Liebe und die vielen Emotionen. Es ist dann fast so, als bekäme sie den Antrag erneut.

Mit einem Gefühl tiefster Zufriedenheit und unglaublichen Glücks wirft Karin einen letzten Blick auf das Foto. Dann blättert sie die Seite des Fotoalbums um. Durch dieses Album zu blättern und in Erinnerungen zu schwelgen, ist eine von Karins Weihnachtstraditionen. Genaugenommen ist das sogar ihre liebste Weihnachtstradition. Für jedes Bild, jede Doppelseite, nimmt sie sich Zeit. Für manche mehr, für andere weniger. Doch sie alle sind von großer Bedeutung für sie. Die Seitengestaltung ist mit der Zeit immer ausgefeilter geworden und es ist ihr eine große Freude, wenn die nächste Erinnerung in das Album einzieht.

Alljährlich, im Dezember, ist es so weit. Anfangs war es Zufall gewesen, dann ist es zu einer festen Tradition geworden im Dezember eine gemeinsame, bleibende Erinnerung zu schaffen. Eine Säule ihrer Beziehung, sowohl in guten, wie auch in schlechten Zeiten.

EIN ALBUM VOLLER ERINNERUN-GEN

1995

Auch der nächste Eintrag ist schlicht gehalten. Zwei Fotos, ein Datum und ein Aufkleber, der zwei verschlungene Eheringe zeigt. Eine Erinnerung an ihre standesamtliche Trauung am 06.12.1995. Eigentlich war es ein stinknormaler Mittwochnachmittag, aber mit der Besonderheit, dass sie freigenommen hatten und zum Standesamt gegangen waren.

Als Karin seinen Antrag angenommen hatte, war Lars postwendend zum Rathaus gegangen und hatte den Termin reservieren lassen. Schließlich wusste er um die große Begeisterung seiner Verlobten für die Advents- und Weihnachtszeit. Und was lag da näher als eine Hochzeit am Nikolaustag.

So war aus einem stinknormalen Mittwoch dann doch irgendwie etwas Besonderes geworden. Karin hatte bezaubernd ausgesehen, in ihrem roten Kleid mit der schneeweißen Wollstola und dem zarten Perlenschmuck. Irgendwie hatte sie ein klitzekleines bisschen wie Frau Nikolaus oder Frau Weihnachtsmann ausgeschaut. Lars war richtig adrett gewesen in seinem dunklen Anzug mit dem weißen Hemd, der roten Krawatte und dem roten Einstecktuch.

Nach dem Standesamt hatten sie sich mit ihren Trauzeugen und ihren Eltern in ihrer kleinen Wohnung getroffen und sich Fettbemmen und Pulsnitzer Pfefferkuchen schmecken lassen.

Es war ein lustiger Abend geworden. Das ein oder andere Feldschlösschen war auch geflossen. Und so zeigte ein Foto das glückliche Brautpaar nach der standesamtlichen Trauung und das andere die angeheiterte Feiergesellschaft, krumm und schief, durch den Selbstauslöser, aber perfekt die Stimmung eingefangen.

Als die Gäste gegangen waren, hatte Lars Karin sanft in den Arm genommen und ihr einen Kuss auf die Lippen gehaucht. „Zeit ins Bett zu gehen meine geliebte Ehefrau."

Da war es ihr das erste Mal richtig bewusst geworden und sie hatte gestrahlt, wie sie noch nie in ihrem Leben gestrahlt hatte.

1996

Die nächste Doppelseite des Fotoalbums erinnert Karin an ihre traumhafte kirchliche Trauung und die große Feier mit all ihren Liebsten. Freunde und Familie hatten die Trauung zu einem unvergesslichen Erlebnis gemacht. Lars und sie hatten alles versucht, um genügend Geld zusammenzusparen, um die Hochzeit ihrer Träume, oder besser gesagt, die Hochzeit von der Karin immer geträumt hatte, zu feiern. Doch auch zwei Jahre nach der Verlobung und ein Jahr nach der, recht spartanischen, standesamtlichen Trauung, hatten Budget und Wünsche weiterhin in einem recht großen Missverhältnis gestanden. Für einen kurzen Moment hatte Karin sogar mit dem Gedanken gespielt, die Hochzeit zu verschieben. Aber alles war bereits geplant gewesen. Das Datum hatte festgestanden. Alle Gäste waren informiert und hatten sich den Tag freigehalten.

So hatte sie schweren Herzens entscheiden müssen, worauf sie verzichten konnte. Das hatte sie zumindest gedacht. Dann war es aber ganz anders gekommen. Damit hatte sie niemals gerechnet und noch heute treibt ihr die Erinnerung Tränen des Glücks in die Augen.

Unverzichtbar war für Karin die Location für die Hochzeitsfotos gewesen. Schon als kleines Mädchen hatte sie davon geträumt sich mit dem Mann fürs Leben und all den Menschen, die ihr wichtig sind, am Kronentor fotografieren zu lassen. Da sie schon ihre standesamtliche Trauung nicht hatte feiern können, war dieser Punkt nicht verhandelbar gewesen. So richtig professionell, mit einem Fotografen und allem Drum und Dran. Alles sollte perfekt sein für eine bleibende Erinnerung. Doch das hatte seinen Preis gehabt und ein beträchtliches Loch in das eh sehr begrenzte Budget gerissen. Die Kirche, eine Sängerin, die zu ihrem Einzug in die Kirche und während der Trauung engelsgleich sang, und das Kleid ihrer Träume, nach Abzug all dieser Dinge hatte es mehr als nur schlecht ausgesehen. Die große, pompöse Feier, bei der sie sich wie eine Prinzessin fühlen wollte, hatte nicht mehr zur Debatte gestanden. Nicht mehr als die Anmietung eines altmodischen Vereinsheims etwas außerhalb der Stadt, Musik vom Band und ein paar Kästen Bier und Softdrinks waren noch drin gewesen. Es hatte keine königlichen Einladungskarten gegeben, stattdessen handgeschriebene und mit billigen Aufklebern verzierte Postkarten. Und auch kein Menü, keine Platzkarten, keine Kerzen und keinen Blumenschmuck.

Für Karin war das ein schwerer Schlag gewesen, auch wenn dies natürlich alles nur materielle Dinge waren. Sie sind es nicht, die eine Feier zu etwas Besonderem machen, dennoch war es ihr unsagbar schwergefallen, darauf zu verzichten.

Die kirchliche Trauung war ein Traum gewesen. Als das Lied „Küss mich, halt mich, lieb mich" erklungen war, hatte niemand seine Emotionen mehr zurückhalten können. Die Tränen waren in Sturzbächen geflossen. Selbst der Pfarrer hatte sich verstohlen eine Träne aus dem Augenwinkel gewischt. Die Trauung war so persönlich, so bezaubernd gewesen, dass sich Karin tatsächlich wie in einem Märchen gefühlt hatte.

Ein Gefühl, das der Fotograf perfekt eingefangen hatte. Sie hatte mit Lars unter dem Kronentor getanzt, mit strahlendem Lächeln und voller Übermut. Damals hatte sie sich gewünscht, dass dieser Moment niemals enden würde.

Als das Fotoshooting beendet gewesen war, hatte Karin eine gewisse Traurigkeit erfasst. Da war keine Kutsche gewesen, kein Ballsaal, in dem sie mit ihrem Prinzen tanzen würde. Nur ein Vereinsheim mit, wenn man es wohlwollend ausdrücken wollte, rustikalem Charme.

Karin hatte damals nicht verstanden, warum Lars die ganze Fahrt zur Location hin so vielsagend gegrinst und bei ihrer Ankunft darauf bestanden hatte, ihr die Augen zu verbinden. Erst als er ihr die Augenbinde abgenommen und sie mit offenem Mund, sprachlos und überwältigt, in dem Festsaal gestanden hatte, hatte sich der Kreis geschlossen. Sie hatte sich gefühlt wie Aschenbrödel, als diese die Haselnüsse öffnete. Denn vor ihr hatte sich ein Ballsaal erstreckt, wie sie ihn sich schöner nicht hätte erträumen können. Die Tischdekoration war mit sehr viel Liebe selbstgemacht worden. Ein Holzscheibe hatte als Basis für eine große, weiße Stumpenkerze, Haselnüsse und frisches Moos gedient. Auf einem großen Spiegel am Eingang hatte in goldener Schrift die Sitzordnung gestanden. Karin hatte den Spiegel sofort erkannt. Normalerweise zierte er den Flur ihrer Großmutter. Jeder Tisch war nach einer Figur aus „Drei Haselnüsse für Aschenbrödel" benannt gewesen. Die Namen hatten auf leeren Weinflaschen, die mit Bastelseil umwickelt gewesen waren und aus denen winterliche Dekozweige geragt hatten, gestanden. Diese außergewöhnlichen Tischkärtchen hatten ebenfalls auf der Holzscheibe gestanden.

Im hinteren Bereich des Saales war ein Kalt-Warmes-Buffet mit liebevollen, handschriftlichen Kärtchen aufgebaut worden. Die Auswahl war gigantisch gewesen. Jeder Gast hatte etwas Leckeres beigesteuert. Neben dem Tisch mit dem großen Spiegel war ein weiterer, kleinerer Tisch platziert worden. Auf ihm hatten eine Polaroidkamera, verschiedene Stifte und ein einfaches Fotoalbum gelegen, das in ein Gästebuch umgewandelt worden war.

Hinter dem Brauttisch, am Kopf des Saales, hatten ihre guten Feen einfache Bindfäden gespannt, an denen Fotografien des Brautpaares, der Familie und der Freunde befestigt worden waren, zusammen mit Eintrittskarten, Postkarten und allerhand anderen Erinnerungen an besondere Momente. An der Decke waren weiße Bettlaken als Banner gespannt worden und in den Fenstern hatten winterlich dekorierte Tannenzweige gehangen. Diese waren mit Draht zu einfachen, runden Kränzen gebunden worden. Sogar Gastgeschenke hatte es gegeben. Für jeden Gast hatte ein Gläschen mit selbstgemachter Bratapfelmarmelade, liebevoll verpackt und mit einem hübschen Anhänger versehen, bereitgestanden.

Durch die unglaubliche Unterstützung ihrer Freunde und ihrer Familie, ihren ganz persönlichen Feen, war es nicht nur emotional die perfekte Hochzeit, von der Karin schon als kleines Mädchen geträumt hatte, gewesen. Und so war nicht nur das Foto des tanzenden Brautpaares in dem Kronentor in das Fotoalbum geklebt worden, sondern auch Bilder des traumhaften Ballsaales und der wunderschönen Dekoration.

Eine der Tischdekorationen hatte Karin mit nach Hause genommen und noch den ganzen Winter über bewundert.

Von diesen Bildern, auf der rechten Seite des Albums, wandert Karins Blick zu den Fotografien auf der linken Seite und die Tränen der Rührung und der Freude verwandeln sich in Tränen der Trauer und des Schmerzes. Karin hatte die Fotos erst viele Jahre nach der Hochzeit eingeklebt. Drei Bilder auf denen Karin, ihre Mutter, ihre Brautjungfern und ihre Trauzeugin zu sehen sind, wie sie im Brautmodenladen in die Kamera strahlen. Auf einem der Fotos stoßen sie lächelnd mit den Sektflöten an. Auf einem anderen Foto sind die Brautschuhe unter dem hochgerafften Kleid zu sehen. Genaugenommen die Sohlen der Schuhe, denn Karin hatte diese damals lange vor dem Kleid gekauft und bereits alle unverheirateten Freundinnen auf den Sohlen unterschreiben lassen. So, wie es Brauch ist, um herauszufinden welche der Frauen die nächste Braut sein wird. Der Name ihrer Trauzeugin ist besonders gut zu lesen. Doch das Foto, das ihr am meisten bedeutete, ist das dritte Bild. Ein unbeabsichtigter Schnappschuss. Er zeigt Karin, wie sie sich in ihrem Brautkleid strahlend im Spiegel betrachtet. Ihre Trauzeugin hatte sie in diesem Moment aus dem Hintergrund fotografiert und ihr Gesicht spiegelt sich, ebenfalls lächelnd und mit einer einzelnen Träne, die ihre Wange herabläuft.

Karin waren die Bilder wieder in die Hände gefallen, als sie versucht hatte, die Nachricht von dem viel zu frühen Tod ihrer Trauzeugin und besten Freundin zu verarbeiten. Sie gehören einfach dazu, in das Fotoalbum ihrer besonderen Erinnerungen und Momente. Denn ihre beste Freundin wird immer einen ganz besonderen Platz in ihrem Herzen haben. So schmerzhaft es auch ist zu wissen, dass sie fort ist, sie nie wieder zusammen lachen oder auch weinen werden, so glücklich ist Karin über jeden einzelnen Moment, den sie zusammen erlebt haben.

Eine Träne tropft auf die Buchseite und Karin wischt sich mit dem Ärmel über die Augen. „Ich vermisse dich", flüstert sie, während sie einen letzten Blick auf die Fotos wirft und dann umblättert.

1997

Die Adventszeit 1997 ist Karin als erste echte, gemeinsame Advents- und Weihnachtszeit mit Lars in Erinnerung geblieben. Gefühlt zum ersten Mal hatten sie diese Zeit wirklich zusammen, in einer gemeinsamen Wohnung, und ohne, dass andere große Ereignisse ihre Schatten vorauswarfen, verbracht. Natürlich hatte Lars um die Begeisterung seiner Frau für diese besondere Zeit im Jahr gewusst, doch zum ersten Mal hatte er sich rund um die

Uhr mit dieser Begeisterung, die manchmal schon in Wahn um-
zuschlagen drohte, konfrontiert gesehen.

Viel Geld für vorweihnachtliche Einkäufe und Eskalationen an
Buden auf diversen Weihnachtsmärkten hatten sie damals nicht
gehabt, aber Karin hatte im Laufe ihres Lebens so viele Dinge
angesammelt, dass es die Wohnung, zumindest gefühlt, mit jedem Weihnachtshaus, wie man es aus amerikanischen Serien
und Filmen kennt, locker aufnehmen konnte. Nicht einmal vor
dem Badezimmer hatte Karin Halt gemacht – und macht es bis
heute nicht.

Und so hatte das winzig kleine Bad eine Badezimmermatte, eine
Toilettendeckelabdeckung und eine Toilettenmatte mit einem
Rentier mit einer riesigen roten Nase geziert oder verunstaltet,
das lag im Auge des Betrachters. Selbst den passenden Duschvorhang hatte Karin aufgehangen gehabt. Das alles war ein gut
gemeintes Geschenk lieber Freunde zur kirchlichen Hochzeit im
Vorjahr gewesen, welches elf Monate lang seinem Einsatz ent-
gegengefiebert hatte.

Das I-Tüpfelchen des weihnachtlichen Gesamtkunstwerkes in
den Augen des einen, der Tropfen, der das Fass zum Überlaufen
gebracht hatte, in den Augen des anderen. Und so war es gekommen, wie es wohl hatte kommen müssen. Der heftigste
Streit, den ihre Beziehung bis dahin gesehen hatte, war ent-
brannt. Es war geschrien und mit Türen geknallt worden, dann
war Ruhe eingekehrt.

Mehrere Tage hatten sie kein Wort miteinander gesprochen.
Beide hatten sich missverstanden und ungerecht behandelt gefühlt. Nachgeben war auch keine Option gewesen. Und so hatte
die Adventszeit gedroht zu einer absoluten Katastrophe zu werden. Bis Lars zähneknirschend seine schlechte Laune herunter-
geschluckt und den ersten Schritt gemacht hatte. Einen

zugegebenermaßen radikalen Schritt. Denn Lars hatte nicht nur den Duschvorhang, sondern das komplette Badezimmerset in einen Müllsack gestopft und im Müllcontainer entsorgt. Das hatte Karin so wütend gemacht, dass ihr fast Qualm aus Ohren und Nase gestiegen wäre.

Doch die Wut war schnell verraucht gewesen als sie das Badezimmer etwas genauer in Augenschein genommen hatte. Denn Lars hatte für schlichten, aber wunderschönen, Ersatz gesorgt.

Auf die Fensterbank hatte er einen alten, kunstvoll geschnitzten, Schwibbogen gestellt. In jeder freien Ecke hatten Kerzen und filigrane, silberfarbene Tannenbäume aus Metall gestanden. In einer Ecke hatten farblich passende Metallsterne von der Decke gehangen und auf den Spiegelschrank hatte Lars einige kleine Schneeflocken aufgemalt. An den Haken hatten flauschige Frottier-Handtücher in rot und anthrazit gehangen, mit einem dezenten Sternendesign.

Karin hatte eingestehen müssen, dass ihr dies besser gefiel als die knallbunte, glitzernde, leuchtende, übertriebene Weihnachtsdekoration, die sie viele Jahre begleitet hatte. Es war eine erwachsene, reife, edle Art gewesen die Wohnung vom Boden bis zur Decke weihnachtlich erstrahlen zu lassen und so findet sich auf der Doppelseite des Jahres 1997 ein Foto des „ursprünglichen" Badezimmers, das mit einem dicken, roten Filzstift durchgestrichen ist. Daneben ein Foto des „neuen" Badezimmers, versehen mit einem großen, roten Ausrufezeichen. Dazu ein von Lars und Karin unterschriebenes Versprechen, immer ehrlich miteinander zu sein, die Wünsche des anderen zu respektieren, ihn mit all seinen Stärken, aber auch Schwächen zu lieben und immer offen zu sein für Kompromisse.

Ein Motto, das sie seitdem auf ihrem gemeinsamen Lebensweg begleitet und ihnen oft gute Dienste erwiesen hat und nach wie vor erweist.

1998

Immer wenn Karin bei diesem Foto oder besser gesagt dieser Doppelseite ankommt, wandert ihre Hand zu ihrem Bauch, über den sie dann mit einem glücklichen Lächeln streichelt. Für diesen ganz besonderen Moment hatte eine Seite nicht ausgereicht. Ein Foto von einem neugeborenen, schlafenden Jungen im Arm seiner Mutter. Eine Erinnerung an den Tag, an dem Karin das unbeschreibliche Glück erlebt hatte, sich von nun an, Mama nennen zu dürfen. Der Moment in dem sie Otto, ihren Sohn, ihr Weihnachtswunder, das allererste Mal im Arm gehalten hatte, gehörte zu ihren glücklichsten Erinnerungen.

Sie hatte ihn gespürt, gewusst, dass er da war, lange bevor der Schwangerschaftstest sein Kommen angekündigt hatte, ihren, mittlerweile ganz und gar nicht mehr kleinen, Jungen. Ihr schönstes Weihnachtsgeschenk, geboren am 25. Dezember.

Während der gesamten Schwangerschaft hatte sie ihn stets nur „dr gleene Brinz" genannt. Nie hatte sie gedacht so glücklich sein zu können. Jeder Moment mit ihrem ungeborenen Sohn, jeder Tritt, jede Untersuchung, all die Vorbereitungen für seine Ankunft, hatten sie mit, bis dahin, unbekannten Glücksgefühlen erfüllt. Lars war ihr in dieser Zeit eine große, emotionale Stütze gewesen und hatte, so gut es ihm eben möglich gewesen war, an ihrer Schwangerschaft teilgenommen. Doch Karin hatte immer gewusst, dass er nie das würde empfinden können, was sie empfunden hatte und dass er damals eifersüchtig und auch ein wenig traurig gewesen war. Auch wenn er sich bemüht hatte, sie dies nicht spüren zu lassen.

Doch so stark ihre Liebe und die ihres Mannes für ihren Sohn auch gewesen war, ein Name, der hatte ihnen einfach nicht einfallen wollen. Einen nach dem anderen hatten sie verworfen. Nichts war ihnen passend erschienen. Nichts hatte sie wirklich überzeugen können. Ein Wermutstropfen auf ihrem Glück, besonders als der Entbindungstermin immer näher gerückt war.

Als sie dann ihr kleines Weihnachtswunder endlich in ihrem Arm gehalten hatte, während draußen der Schnee in einer fast klaren Vollmondnacht geräuschlos auf Wiesen und Wege gefallen war, und sie in sein süßes, etwas verknautschtes, Gesicht geblickt hatte, hatte sie ganz leise den Namen „Otto" geflüstert. Ruhig, lächelnd, ohne den Hauch eines Zweifels.

Als sie hochgeschaut hatte, hatte sie in die leuchtenden Augen von Lars geblickt. „Otto", hatte er den Namen ganz leise wiederholt, während er langsam mit dem Kopf genickt hatte. Auch ihr neugeborener Sohn hatte, so bildet Karin sich zumindest ein, zufrieden gegluckst und gelächelt.

Ganz sanft hatte sie über den weichen Flaum auf dem Köpfchen ihres Sohnes gestreichelt. „Mögest du dir immer deine Phantasie und deine Sehnsucht nach Abenteuern bewahren und dich nie davon abhalten lassen, deine Wünsche und Träume zu leben." Dann hatte sie ihm ganz zart auf das Köpfchen geklopft und über seine Stirn gestrichen. Ganz so, wie es Pan Tau mit seiner Melone machte, wenn er seinen Zauber durchführt.

Wenn Karin auf diese Zeit zurückblickt, scheinen der Zauber gewirkt und sich ihre Wünsche für ihren Sohn erfüllt zu haben. Und sie glaubt fest daran, dass dies auch für die Zukunft ihres Sohnes gelten wird.

„Wie groß du mittlerweile geworden bist. Schon bald wirst du deine eigene Familie haben. Doch du wirst immer ein Teil unserer Familie bleiben. Sie wird einfach größer", murmelt Karin, während sie über die Geburtsanzeige streicht, die auf der Doppelseite aufgeklebt ist. Eine Träne rollt über ihre Wange. Pures Glück, mit einem klitzekleinen Funken Wehmut.

1999

Für das Jahr 1999 hält das Fotoalbum keinen Rückblick auf ein weihnachtliches oder winterliches Ereignis bereit. Vielmehr kann Karin mit Fotos einer ausschweifenden Silvesterparty in Erinnerungen schwelgen.

In der Rückschau betrachtet, konnte sie über all die Befürchtungen, die es damals gegeben hatte, nur mit dem Kopf schütteln. Doch damals schien eine echte Bedrohung zu bestehen oder sie war zumindest nicht auszuschließen gewesen, wenn man manchen Medien Glauben geschenkt hatte. So richtig hatte Karin das Jahr-2000-Problem oder wie es auf neudeutsch so schön hieß, den Millennium-Bug, damals nicht verstanden und tat es bis heute nicht. Es hatte wohl irgendwas mit Computern zu tun gehabt und zu Katastrophenszenarien im Vorfeld des Jahreswechsels geführt, die teilweise sogar von apokalyptischem Ausmaß gewesen waren. Es waren weltweite Computerzusammenbrüche befürchtet worden, die ganze Banken und Industriebetriebe oder Kraftwerke lahmlegen sollten. Es hatte Prognosen zu einem Verkehrschaos, zu Flugzeugabstürzen und einer neuen Weltwirtschaftskrise gegeben.

Auch wenn Lars und Karin dem Ganzen keinen wirklichen Glauben geschenkt hatten, ein ungutes Ziehen in der Magengegend war dann doch geblieben. Und da man mit einem Einjährigen nur bedingt gut Party machen kann, hatten sie sich damals dazu entschieden, mit der Familie, Freunden und Bekannten zu Hause zu feiern.

Es war ein rauschendes Fest geworden. Sie hatten das Wohn- und Esszimmer ausgeräumt und den ganzen Raum mit goldenen Musikinstrumenten, goldenen Jahreszahlen in Form der 2000 sowie goldenen Girlanden und Ballons dekoriert. Eine Wand hatte eine goldene Silhouette von Dresden geziert.

Alle Gäste hatten Abendkleidung getragen und es hatte ein wunderbares Menü gegeben. Dazu waren Cocktails, Sekt und Wein geflossen und sie hatten ins neue Jahr hineingetanzt, ohne dass etwas passiert war.

Keine Katastrophen, keine schwerwiegenden Computerfehler, keine der Befürchtungen war eingetreten. Einfach nur eine grandiose, glamouröse Feier, von der sie noch heute sprechen, denn dieser Jahreswechsel wird für sie für immer unvergesslich bleiben. Und das nicht nur wegen all der Befürchtungen, die es im Vorfeld gegeben hatte.

Die Fotos zeigen eine unglaubliche Leichtigkeit und Lebensfreude, Gefühle, an die sie sich beim Durchblättern jedes Jahr gerne wieder erinnert.

Das Jahr 2000 überblättert Karin, dann verweilt ihr Blick erneut auf einer Doppelseite.

2001

Das Jahr 2001 ist rosa, sehr, sehr rosa, mit einem Ultraschallbild in der Mitte. Denn drei Jahre nach der Geburt ihres Sohnes hatten Karin und Lars die freudige Nachricht bekommen, dass die Familie sich nochmal vergrößern würde.

In Karins Bauch war ein süßes, kleines Mädchen herangewachsen und so wenig Karin bei ihren Kindern auf die, immer noch oft als typisch angesehenen Farben und Spielzeuge irgendeinen Wert gelegt hatte, bei dem Fotoalbum hatte es sie einfach überkommen und so zeigt die Doppelseite einen wahrgewordenen Prinzessinnentraum.

Über dem Ultraschallbild prangt in rosafarbener Glitzerschrift der Name „Rosalie", umrahmt von goldenen Krönchen und Ornamenten.

Noch heute, nach all den Jahren, stellen sich bei Karin immer noch die gleichen Glücksgefühle ein wie damals, als die Frauenärztin auf den Bildschirm gedeutet und ihr gratuliert hatte.

Auf der anderen Seite des Albums prangt ein süßes Foto von Otto vor dem festlich geschmückten Tannenbaum. Stolz hatte er in die Kamera geblickt, während er ein T-Shirt mit dem Aufdruck „Großer Bruder" getragen hatte. Otto war vom ersten Augenblick ein stolzer, besorgter und beschützender großer Bruder gewesen und das ist er bis heute geblieben. Er liebt seine Schwester heiß und innig, was auf Gegenseitigkeit beruht.

Immer, wenn Karin bei dieser Doppelseite ankommt, empfindet sie darum neben Freude auch großen Stolz auf ihre Kinder. Stolz und Zufriedenheit.

2002

All die positiven Gefühle, die die vergangenen Jahre hervorgerufen haben, verschwinden, als Karin die Seiten für das Jahr 2002 aufblättert. Hatte doch in dem Jahr ein Jahrhunderthochwasser Dresden heimgesucht und für große Zerstörung und viele Opfer gesorgt. Opfer, die ihr Hab und Gut oder sogar ihr Leben verloren hatten.

Rückblickend hatte auch dieses Jahr viel Positives, hatte es doch gezeigt, was man mit Zusammenhalt und Menschlichkeit alles erreichen kann. Doch als die Elbe im August 2002 über die Ufer getreten war und weite Teile der Stadt überflutet und allein in

Dresden vier Menschen mit in den Tod gerissen hatte, war das einfach nur ein Schock gewesen. Eine Katastrophe, die nicht nur die Bewohnerinnen und Bewohner von Dresden, sondern auch den unwiederbringlichen Kulturgütern wie der Semperoper, und allen Menschen in Sachsen und Umgebung wahnsinnig zu schaffen gemacht hatte.

Daher hatten auch nach mehreren Monaten nicht nur Lars und Karin, sondern viele Dresdner, nach wie vor, unter den Eindrücken der Katastrophe gestanden. Und so hatten sie sich damals dazu entschieden das Fest mit der Familie auf den ersten Weihnachtstag zu verschieben und den Heiligen Abend dort zu verbringen, wo helfende Hände gebraucht worden waren. Es war ein unglaublich befriedigendes Gefühl gewesen in die dankbaren und glücklichen Gesichter zu blicken und zu wissen, dass man mit kleinen Gesten die Augen der Menschen zum Strahlen bringen kann. Eine Erfahrung, die sie nicht missen wollen und niemals vergessen würde.

Immer noch betroffen, aber lächelnd, überblättert Karin die Jahre 2003 bis 2007, für die sie dieses Jahr nur einen kurzen Blick übrighat. Dann bleiben ihre Augen auf der Doppelseite des Jahres 2008 hängen.

2008

Die Seiten für das Jahr 2008 wären fast leer geblieben, denn in dem Jahr hatte es keine Erinnerung gegeben, die Karin dort hatte verewigen wollen. Zumindest anfangs nicht, denn etwas hat diese Weihnachtszeit sie gelehrt: Manche Erinnerungen weiß man erst mit der Zeit zu schätzen.

Das Weihnachtsfest 2008 hatte Karin für sich erstmal als Katastrophe abgespeichert. Denn der mit viel Liebe ausgesuchte, dann auf der Weihnachtsbaumplantage selbst geschlagene und voller Enthusiasmus von den Kindern, Lars und ihr geschmückte Tannenbaum hatte der Schwerkraft nicht getrotzt. Am Tag vor dem Heiligen Abend war er mit einem großen Radau umgekippt.

Bei seinem Sturz hatte er die Krippe unter sich begraben, was weder dem Stall noch den Figuren gut bekommen war. Die feinen Splitter der geborstenen Kugeln waren in der gesamten Wohnung verteilt gewesen. Nur einige wenige Strohsterne hatten überlebt.

Nach einem kurzen Schockmoment waren Karin und ihre Kinder in Tränen ausgebrochen, während Lars sich bemüht hatte, die Ruhe zu bewahren und weiteren Schaden von seiner Familie abzuwenden. Mit strenger Stimme hatte er ihnen befohlen sich nicht vom Fleck zu bewegen, während er angefangen hatte, das Chaos zu beseitigen und die Scherben und Splitter aufzusaugen. Nach und nach hatte sich die Mülltonne mit zerbrochener Dekoration und den Resten der zerstörten Krippe gefüllt.

Der Weihnachtsbaum, der nach dem Sturz wie ein gerupftes Huhn ausgesehen hatte, war vorrübergehend auf die Terrasse verbannt worden. Zurückgeblieben waren ein leerer Ständer und ein freier Platz im Wohnzimmer, dessen Anblick sowohl Karin als auch den Kindern immer wieder die Tränen in die Augen getrieben hatte.

Otto war damals fast zehn Jahre alt gewesen und Rosalie sechs Jahre. Für Otto war der Weihnachtsbaum auch ein Zeichen für seinen Geburtstag, was das Ganze für ihn noch schlimmer gemacht hatte. „Ohne Baum gibt es kein Weihnachten", hatte er geweint und Rosalie hatte versucht ihn zu trösten.

Karins Herz war in diesem Moment einfach zerbrochen. Es war furchtbar ihre Kinder in der Zeit, die die schönste im Jahr sein sollte, so verzweifelt und traurig zu sehen. Und auch für sie war damals mit den geplatzten Weihnachtskugeln der Traum von einem schönen Weihnachtsfest zerbrochen. Als sie am frühen Morgen des 24. Dezembers zur Arbeit aufgebrochen war, hatte der Anblick des leeren Wohnzimmers ihr erneut die Tränen in die Augen getrieben. Auch Otto und Rosalie hatten ernst dreingeblickt.

Doch Lars hatte das Weihnachtsfest gemeinsam mit Otto und Rosalie gerettet. Er hatte sich die Kinder geschnappt und war mit ihnen zu dem nächstgelegenen Tannenbaumverkauf gefahren. Groß war die Auswahl so kurz vor dem Fest nicht mehr gewesen, aber ein kleiner Baum mit Wurzel war in den Kofferraum gewandert und so hatte wenige Stunden vor dem Heiligen Abend wieder eine Tanne im Wohnzimmer der Familie gestanden.

Ärmlich hatte sie ausgesehen, so ganz ohne Dekoration, doch auch hier war rasch Abhilfe geschaffen worden. Lars, Otto und Rosalie hatten aus allem, was die Bastelkiste und die Küche hergaben, die schönste Weihnachtsbaumdekoration aller Zeiten gebastelt. Lars hatte Kugeln und Glöckchen ausgeschnitten, die die Kinder mit Begeisterung und viel Liebe, Weihnachtsstimmung und Kreativität verziert hatten. Dann hatten sie ihre Kunstwerke mit Aufhängern aus Geschenkband versehen und sie ruck zuck an den Baum gehangen.

Doch etwas hatte noch gefehlt. Lars hatte gewusst, dass es wohl nicht möglich wäre, seiner Frau diesen Verlust zu ersetzen. Die Krippe mit den Figuren hatte sich seit langer Zeit im Familienbesitz befunden und nun war sie zerstört. Ohne Krippe würde es wohl nur ein halbes Weihnachtsfest werden.

„Aber besser ein halbes als gar kein Weihnachtsfest", hatte Lars versucht sich die Situation schön zu reden, als plötzlich Rosalie mit einem Kastanienmännchen vor ihm gestanden hatte. Sie hatte es aus den Kastanien gebastelt, die sie bei einem wundervollen Ausflug in den herbstlichen Beutlerpark gesammelt hatten. Bei herrlichem Wetter und spätsommerlichen Temperaturen hatten sie einen Tagesausflug in den Park unternommen und nach einem gemütlichen Spaziergang viel Spaß auf dem kreisförmigen Spielplatz gehabt, auf dem man alles finden kann, was Kinderherzen höherschlagen lässt. Eine Rutsche, Schaukeln, Klettergerüste und ganz viel Sand zum Spielen.

Als Otto und Rosalie müde und kaputt vom Spielen auf die Schöße ihrer Eltern gekrabbelt waren, hatten sie sich eine Pause im Café im Beutlerpark gegönnt, das praktischerweise direkt neben dem Spielplatz liegt. Gestärkt mit Bratwurst und Kartoffelsalat hatten sie dann auf dem Rückweg zum Parkplatz Rosskastanien zum Basteln gesammelt. Und von denen hatten noch etliche im Keller gelegen und darauf gewartet, eine neue Bestimmung zu bekommen. Und damals war dann der Zeitpunkt dagewesen und die drei hatten sich sofort daran gemacht weitere Kastanienmännchen und auch ein paar Schafe zu basteln. Eines der Männchen hatte Flügel aus weißem Tonpapier bekommen.

Plötzlich war Otto aufgesprungen und hatte angefangen im Keller nach etwas zu suchen. Nach einiger Zeit war ein erfreuter Ausruf zu Lars und Rosalie gedrungen, die fleißig weitergebastelt hatten. Mit einem Holzhäuschen, das vor einigen Jahren mal die Rennmäuse der Familie beherbergt hatte, hatte er dagestanden und seinen Vater und seine Schwester angestrahlt.

„Gute Idee!" Stolz hatte Lars seinem Sohn über den Kopf gestreichelt. Dann hatte er rasch aus gelbem Tonpapier noch einen Stern ausgeschnitten und mit einem hölzernen Schaschlikspieß und etwas Kleber daran befestigt. Fertig war die Krippe gewesen.

Aufgebaut auf einem Plastiktablett mit etwas Moos und Rinde aus dem Garten und ein paar Steinen hatte sie vor dem kleinen Tannenbaum gestanden, als Karin nach Hause gekommen war.

Sie hatte sich sehr bemüht, ihrer Familie Freude über die „Rettungsaktion" vorzuspielen, aber der Frust hatte einfach noch zu tief gesessen und so hatte sie das Fest nicht wirklich genießen können und im Fotoalbum hatte sich nur ein breiter, schwarzer Strich wiedergefunden.

Erst als Otto und Rosalie im Herbst des Jahres 2009 unbedingt wieder in den Beutlerpark gewollt hatten, um eine

Kastanienkrippe zu bauen und die selbstgebastelte Dekoration unbedingt wieder aufhängen wollten, hatte Karin begonnen, die Schönheit des vergangenen Weihnachtsfestes zu erkennen.

Und so war, mit deutlicher Verspätung, ein Foto in das Album gewandert, auf dem Lars, Otto und Rosalie neben dem kleinen Weihnachtsbaum und der improvisierten Krippe knien.

Neben dem Albumeintrag gibt es auch noch eine weitere, bleibende Erinnerung, denn die Tanne hat nach den Festtagen ein Plätzchen im Garten gefunden und mittlerweile eine stattliche Größe erreicht.

Als Karin von dem Album hochblickt fällt ihr Blick von ihrem Ohrensessel aus direkt auf ihn.

2009

Im Jahr 2009 stammt die jährliche Erinnerung nicht aus der Weihnachtszeit, zumindest nicht so richtig.

Zur Weihnachtszeit gibt es einen Film, der sich bei Kindern und Erwachsenen großer Beliebtheit erfreut. Sein Titel: Drei Haselnüsse für Aschenbrödel. Auch Karin liebt diesen Film sehr. So sehr, dass sie ihre Tochter nach der Eule aus diesem Film benannt hat.

Als sie dann erfahren hatte, dass der Film im Dezember 2009 auf die deutschen Kinoleinwände zurückkehren sollte, war sie sofort Feuer und Flamme gewesen. Doch das sollte nicht das Highlight des Jahres werden, sondern die Sonderausstellung, die Anfang Oktober 2009 auf Schloss Moritzburg eröffnet worden war. Ein absolutes Muss für Karin zu dem Lars sie, wenn auch deutlich widerwillig, begleitet hatte. Dort hatte es Originalkostüme und Ausstattungsgegenstände gegeben und sogar bis dahin unveröffentlichte Interviews mit den Akteuren des Films.

Karin hatte sich nicht sattsehen können an den prachtvollen Gewändern und dem Schmuck, den die Schauspielerinnen und Schauspieler getragen hatten. Immer und immer wieder war sie durch die Flure und Ausstellungsräume geschwebt, hatte alles in sich aufgesogen und versucht, sich den Anblick für immer einzuprägen. Zum Glück hatten sie die Speicher ihrer Handys so leergeräumt wie möglich, denn Karin hatte sich die Bilder nicht nur im Kopf, sondern auch auf den Speicherkarten bewahren wollen.

Und so spiegelt die Doppelseite in dem Fotoalbum nur einen Bruchteil der gefertigten Erinnerungen wider. In dem dicken, ledernen Fotoalbum hat Karin sich für das Bild entschieden, auf dem sie verkleidet vor einer Kulisse fotografiert worden war.

Obwohl die Macher das Angebot wohl in erster Linie für Frauen und Mädchen vorgesehen hatten, hatte Lars keinen Moment gezögert und war seiner Prinzessin Karin, wenn auch ohne Kostüm, in die Kulisse gefolgt. Dort hatte er sie zärtlich in seine Arme geschlossen und ihr einen Kuss auf die Lippen gehaucht, während er ihr liebevoll über das Haar gestrichen hatte. Trotz des hektischen Treibens hatten die beiden die Welt um sie herum in diesem Moment vergessen und sich in ihrem Kuss verloren.

Genau diesen Moment, all die Liebe zwischen ihnen, die Verbundenheit, das tiefe Vertrauen, all diese Emotionen sind auf diesem Foto eingefangen. Eine Erinnerung, wie sie vollkommener und besonderer nicht sein könnte.

Wegen Erinnerungen wie dieser hütet Karin das lederne Album wie ihren Augapfel.

Nachdem sie die folgenden zwei Jahre zügig überblättert, ruht ihr Blick auf der Erinnerung aus dem Jahr 2012.

2012

Der Rückblick auf dieses Jahr erscheint auf den ersten Blick unspektakulär, zeigt er doch den Besuch eines „Events", das für viele Dresdnerinnen und Dresdner zum alljährlichen, weihnachtlichen Pflichtprogramm gehört, nämlich die Weihnachtliche Vesper vor der Frauenkirche.

Zum ersten Mal hat die Weihnachtliche Vesper am 23. Dezember 1993 vor dem kurz zuvor aus den Trümmern freigelegten Altar der Frauenkirche stattgefunden. Seitdem ist sie jedes Jahr veranstaltet worden und hat sich im Laufe der Zeit zu dem größten, unter freiem Himmel stattfindenden, Gottesdienst Deutschlands entwickelt.

Auch Karin hatte bis zum Jahr 2012 bereits sehr oft daran teilgenommen und war dabei stets von ihren Eltern und ihren Kindern begleitet worden. Lars hingegen hatte sie nie zum Mitkommen überreden können. Er war kein großer Kirchgänger und hatte dem Gottesdienst unter freiem Himmel, bei allen Besonderheiten, nicht wirklich etwas abgewinnen können.

Und so wusste Karin den Liebesbeweis ihres Lars, der sie zum zwanzigjährigen Jubiläum der Weihnachtlichen Vesper begleitet hatte, sehr zu schätzen. Kein Wort hatte er damals im Vorfeld darüber verloren, sondern hatte sich einfach neben sie ins Auto gesetzt, ihre Hand gegriffen und liebevoll gedrückt.

Der folgenden Doppelseite widmet Karin nur einen kurzen, glücklichen Blick, dann blättert sie weiter.

2014

Nicht nur gemeinsame Erinnerungen mit Lars beziehungsweise der Familie haben Einzug in das Fotoalbum gefunden, sondern auch andere, ganz besondere, Momente. Als Karin die Seiten des Jahres 2014 aufschlägt, muss sie lachen. Auch jetzt noch, Jahre später, hat dieser Moment nichts von seiner Kraft und seinen Emotionen eingebüßt.

In diesem Jahr waren sie endlich wieder vereint gewesen. Sie, das war die Clique, die sich schon seit Kindertagen kennt, sich damals aber schon seit vielen Jahren nicht mehr gesehen hatte. Zumindest nicht alle zusammen. Doch im Advent des Jahres 2014 waren sie alle wieder in Dresden gewesen, auch die, die es in andere Teile Deutschlands, und sogar der Welt, verschlagen hatte.

Wie es der Zufall gewollt hatte, war dieses Wiedersehen genau in dem Jahr zustande gekommen, in dem sich ihr gemeinsames Abitur zum dreizigsten Mal gejährt hatte. Sie hatten viel gelacht, erzählt und in Erinnerungen geschwelgt. Die Chemie hatte noch immer gestimmt, von der ersten Minute an. Es war, als ob sie nie getrennt gewesen wären. Der Alkohol hatte sein Übriges getan und so waren sie im Verlaufe des Abends immer übermütiger geworden, fast wieder wie Teenager.

Das erklärt auch, warum das gemeinsame Erinnerungsfoto die Bezeichnung „ungewöhnlich" verdient.

Zu später Stunde waren sie am Fürstenzug vorbeigekommen, dem 101 Meter langen Wandbild an der Außenseite des Stallhofes am Schlossplatz. Es stellt die Geschichte des sächsischen

Herrschergeschlechts des Hauses Wettin in Form eines überlebensgroßen Reiterzugs dar. Das Wandbild gehört zu den beliebten Sehenswürdigkeiten, was es normalerweise schwierig macht, gute Fotos zu bekommen. Doch zu später Stunde beziehungsweise am frühen Morgen sind dort nur ein paar Einheimische unterwegs, so auch damals, und daher war der Fürstenzug zum Hintergrund des Gruppenfotos auserkoren worden.

Doch hatten sie nicht einfach nur vor dem beeindruckenden Kunstwerk gestanden, nein, sie waren quasi ein Teil davon geworden, indem sie posiert hatten. So waren sie zu Herolden, Spielleuten und stolzen Herrschern geworden, so wie die Personen auf dem Porzellanbild über ihren Köpfen. Die lustigste Pose von allen hatte dabei ihr Freund Günther eingenommen. Er war das Pferd gewesen, auf dem Lars als Konrad der Große gesessen hatte.

Seitdem wird Günther, wann immer sie sich treffen oder miteinander sprechen, mit einem lauten Wiehern begrüßt.

Karin wischt sich eine Lachträne aus dem Augenwinkel, dann blättert sie um.

2015

Im Jahr 2015 hatte sich ihre Hochzeit das zwanzigste Mal gejährt. Normalerweise machen sie nicht viel Aufheben um diesen Tag, doch in diesem Jahr hatte Lars sie mit einem ganz besonderen Erlebnis überrascht. Für alle, die es nicht wissen, der zwanzigste Hochzeitstag wird auch als Porzellanhochzeit bezeichnet. Und so hatte Lars einen wundervollen Tag in der Porzellanstadt Meißen organisiert.

Bereits früh am Sonntagmorgen waren sie von einer Limousine abgeholt worden. Die Fahrt hatte an der Städtischen-Porzellan-Manufaktur MEISSEN ihr vorläufiges Ende gefunden, wo Lars für sie „Winterliches mit dem Schokoladenmädchen von MEISSEN" gebucht hatte.

Es war eine herrliche Veranstaltung gewesen und das nicht nur in kulinarischer Hinsicht. Das berühmte Kammermädchen hatte sie durch die Schauwerkstatt und das Museum geführt und ihnen viel Wissenswertes erklärt. Gekrönt worden war der Rundgang von einer Verkostung, bei der die Rolle der heißen Schokolade in der Geschichte der Manufaktur erklärt worden war. Abgerundet worden war das Porzellanerlebnis durch ein Drei-Gänge-Menü, welches auf Meissner Porzellan serviert worden war.

Als das himmlische Dessert gebracht worden war, war Lars vor ihr auf die Knie gesunken und hatte ihr eine Schatulle, die der Kellner mitgebracht hatte, hingehalten. Als er diese aufgemacht hatte, war ein geschwungenes Porzellanherz zum Vorschein gekommen, das an einem schwarzen Lederband hing. Auf dem Herz befand sich, in platinfarbener Schrift, ihr Hochzeitsdatum, 06.12.1995, sowie der angedeutete Umriss eines kleinen Herzens.

Ein individuelles, von der Porzellanmanufaktur gestaltetes, Schmuckstück und ein Beweis für die große Liebe, die sie und Lars auch nach all den Jahren noch verband.

Kniend hatte Lars ihr eine selbstgeschriebene Liebeserklärung vorgetragen. Er war so nervös gewesen, dass er sie von einem kleinen Zettel ablesen musste. Diesen Zettel hatte Karin aufbewahrt und mit in ihr Album geklebt.

Als Lars ihr dann die Kette umgelegt hatte, hatten alle Gäste applaudiert. Karin war hochrot angelaufen, aber die Freude und all die anderen positiven Emotionen, die sie damals gar nicht hatte fassen können, hatten das leichte Schamgefühl einfach weggewischt.

In diesem Moment hatte sie gedacht, der Tag könne gar nicht mehr besser werden. Aber Lars hatte noch eine weitere Überraschung für sie parat gehabt. Nach einer kurzen Fahrt in der Limousine, hatten sie einen romantischen Spaziergang über den Adventsmarkt der Sächsischen Winzergenossenschaft Meißen genossen. Von dort war es weiter zu Jazz im Keller gegangen, „Weihnachten im Sitzen" mit Micha Winkler & Band, veranstaltet vom Kunstverein Meißen.

Es war ein wundervoller Abend gewesen. Zwar ist Jazz nicht Karins favorisierte Musik, dafür mag Lars sie umso mehr und der Abend sollte sie ja schließlich beide glücklich machen. Und live, in einem gemütlichen Ambiente, hatte auch Karin die Klänge der Musik, die Gesellschaft ihres Ehemannes und die netten Kontakte, die sich im Laufe des Abends ergeben hatten, genossen.

Die Doppelseite in dem Fotoalbum ziert ein buntes Sammelsurium aus Fotos, Eintrittskarten, einer getrockneten und gepressten roten Rose, die Lars ihr an dem Abend geschenkt hatte und natürlich die handgeschriebene Liebeserklärung.

Den romantischen Ausklang des Abends hatte niemand eingefangen, doch würde er Karin für immer im Gedächtnis bleiben. Auf der Rückfahrt hatten sie sich in der Limousine aneinandergeschmiegt und ein Gläschen Champagner genossen. Vor der Haustür hatte Lars sie dann umarmt und ihr einen zärtlichen, aber leidenschaftlichen, Kuss gegeben.

Genau in diesem Moment, als sie sich glücklich in die Augen geblickt hatten, hatte es sanft angefangen zu schneien, so als ob auch der Himmel und die Wolken etwas zu dem perfekten Abend hätten beitragen wollen.

Noch ein Kuss, dann hatten sie Arm in Arm das Haus betreten und waren, selig aneinandergeschmiegt, eingeschlafen.

2016

Im Jahr 2016 hatte Lars geplant seine Karin mit einem ganz besonderen, musikalischen Leckerbissen zu überraschen. Doch hatte es eine ganze Weile so ausgesehen, als müsste er sich etwas anderes einfallen lassen. Nach dem großen Erfolg des Adventskonzertes des weltberühmten Dresdner Kreuzchors im DDV-Stadion im vorangegangenen Jahr, musste das Konzert 2016 leider abgesagt werden, zumindest für eine Weile. Aber dann hatte der Auftritt am 22. Dezember 2016 doch stattfinden können und es waren über 20.000 Menschen zusammengekommen, um dem Chor zu lauschen, gemeinsam zu singen und die Weihnachtszeit einzuläuten.

Die Atmosphäre, die dort geherrscht hatte, der Schauer, der einem über den Rücken gelaufen war, als so viele Menschen gemeinsam Weihnachtslieder aus verschiedenen Zeiten und Ländern gesungen hatten, lässt sich nicht in Worte fassen. Egal ob „Stille Nacht" oder „Little Drummer Boy", es war ein unbeschreibliches Erlebnis, mit dem Dresdner Kreuzchor, Cassandra Steen und Thomas Rühmann, der als der Sprecher durch die Veranstaltung geführt hatte, gewesen.

Die glockenhellen Stimmen der Sänger und tausende Lichter, die das Stadion fast wie Sterne erleuchtet hatten, die kleinen Wölkchen, vom Atem in der kühlen Luft, all dies hatte nicht nur Karins Herz berührt.

Als das Ave Maria, von fünf Sängern vorgetragen, durch die Weiten des Stadions erklungen war, hatte sie die Tränen nicht länger zurückhalten können. Es war, als wären Fremde in diesem Moment zu Freunden geworden, vereint in der Liebe zur Musik und beseelt von dem Geist der Weihnacht. Tief berührt von dem Klang der Noten, auch wenn man nur diese, nicht aber die Sprache verstand. Eine große Gemeinschaft, die der Kälte getrotzt hatte und eine wundervolle, fast magische, gemeinsame Zeit erlebt hatte.

Karin hat schon viele Konzerte besucht, aber das Gefühl, das sie damals erlebt hatte, hatte erleben dürfen, hatte sich nie wieder eingestellt. Nicht zuvor und nicht danach.

Und auch wenn es nicht dasselbe ist, die Filmaufnahmen des Adventskonzertes anzuschauen, so tut sie es doch jedes Jahr aufs Neue, denn es bringt ihr dieses Gefühl zurück und schenkt ihr Hoffnung und Zuversicht. Ein jedes Jahr zur Weihnachtszeit.

2017

Jedes Mal, wenn Karin bei dieser Doppelseite ankommt, kann sie einfach nicht anders, als lachend den Kopf zu schütteln. Jeder, den man fragt, was er mit Dresden und Weihnachten verbindet, nennt den Striezelmarkt. Schließlich hat es dieser Weihnachtsmarkt mittlerweile weit über die Grenzen Dresdens und wohl auch Deutschlands hinaus zu einer gewissen Bekanntheit gebracht.

Trotzdem hatten 23 Jahre vergehen müssen, bis es der Striezelmarkt in ihr Fotoalbum geschafft hatte, wenn man einmal von der allersten Seite, dem Heiratsantrag beim Stollenfest, absieht. Nicht etwa, weil sie ihn nie besucht hat, das absolute Gegenteil ist der Fall. Aber genau dadurch hatte der Striezelmarkt für Karin irgendwann das Besondere verloren. Er hatte eines Tages auf sie nicht mehr diesen Zauber ausgeübt, hatte keine magische Anziehungskraft mehr gehabt. Er hatte einfach zu Weihnachten dazugehört, so wie der Adventskranz, die Weihnachtsmusik und der Tannenbaum. Ihn als weihnachtliche Normalität zu bezeichnen, klingt hart, aber so hatte sie es über die Jahre hinweg wahrgenommen. Bis zur Adventszeit im Jahr 2017, als sie Besuch von einem befreundeten Ehepaar und deren Sohn bekommen hatten. Karin und Lars hatten sie 2011 kennengelernt, als sie den Jahreswechsel in London verbracht hatten, und waren seitdem in Kontakt geblieben. Und dann, einige Jahre später, hatte es endlich geklappt sich auch einmal in Deutschland zu treffen.

Der Zeitpunkt für dieses Treffen hätte perfekter nicht sein können. Rene, der Sohn der Familie, hatte damals mit dem Gedanken gespielt sein Studium der Kunstgeschichte an der TU Dresden zu beginnen. Darum war er neugierig darauf gewesen, die

41

Stadt zu erkunden. Da er mit seinen Eltern häufiger umgezogen war, hatte er nicht nur einige Jahre in Deutschland gelebt, sondern in London auch eine internationale Schule besucht. Dadurch beherrschte er die deutsche Sprache recht gut und hatte entschieden, für das Studium nach Deutschland zurückzukehren. Allerdings hatte er dabei nicht seine frühere Heimat Aachen, sondern eben das schöne Dresden im Sinn.

Und so hatten die beiden Familien zwei Wochen lang jeden Winkel von Dresden erkundet und eine tolle Zeit miteinander verbracht. Obwohl sie davon überzeugt gewesen waren, dass wohl eher Renes Ausflüge mit Otto den jungen Mann davon überzeugt hatten, das Dresden der perfekte Studienort für ihn war. Die beiden Jungs hatten sich auf Anhieb gut verstanden und mehr als eine Nacht zum Tag gemacht.

Das daraus so viel mehr werden würde, damit hatte zum damaligen Zeitpunkt keiner von ihnen gerechnet. Niemand außer Rosalie, die schon damals ein vielsagendes Lächeln im Gesicht gehabt hatte, als Rene seine Entscheidung verkündet hatte, für das Studium nach Dresden zu ziehen.

Die Doppelseite des Fotoalbums ist voll mit kleinen Erinnerungen, wie Eintrittskarten und einem Foto, aufgenommen auf dem Striezelmarkt am Tag vor der Abreise ihrer Freunde. An dem begehbaren erzgebirgischen Schwibbogen am Eingang des Marktes war es entstanden. Sie sehen darauf so unglaublich bescheuert aus. Denn neben vielen Mitbringseln, die überwiegend aus erzgebirgischer Handwerkskunst, echtem Dresdner Stollen und natürlich dem Striezeltaler, den in diesem Jahr die weltgrößte erzgebirgische Stufenpyramide geziert hatte, bestanden hatten, hatten sie sich auch den ein oder anderen Glühwein gegönnt.

Dieser war allerdings das Gegenteil von einem guten Einkaufsberater gewesen, besonders mit Blick auf lustige

Weihnachtsmützen oder T-Shirts und Pullover, mit denen man jeden Ugly-Christmassweater-Wettbewerb hätte gewinnen können. Und lustige Brillen hatte es ja auch noch gegeben.

Es war ein sehr lustiger Weihnachtsmarktbesuch gewesen. Der perfekte Abschluss einer gemeinsamen Zeit und der perfekte Beginn einer gemeinsamen Zukunft.

2018

Natürlich wird es nach all den Jahren immer schwerer noch etwas Neues, Atemberaubendes zu finden, einen unvergesslichen Moment, der selbst eine so eingefleischte Weihnachtsfanatikerin wie Karin mitreißen kann. Doch im Jahr 2018, bei dem Karin nun bei ihrer Zeitreise durch die Erinnerungen ankommt, war es leicht gewesen. Sehr leicht sogar, denn in diesem Jahr hatte der Christmas Garden Dresden Premiere gefeiert, bei dem sich Schloss und Park Pillnitz auf einem circa zwei Kilometer langen Rundweg in eine magische Märchenwelt verwandeln.

Kaum, dass sie einen Fuß in den Park gesetzt hatte, hatte die magische Weihnachtswelt, mit ihren glitzernden Illustrationen und Lichterwelten, Karin auch schon in ihren Bann gezogen. Sie hatte jedes einzelne Lämpchen, jede Figur, jede Beleuchtung in sich aufgesogen und war wie ein kleines Mädchen über die Wege getänzelt. Ihre Augen hatten mehr gestrahlt als alle Lichter im Park zusammen.

Immer wieder hatte sie Lars angestoßen, auf dieses und jenes gezeigt, war von einer Installation zur nächsten gehüpft und hatte ihn dabei hinter sich hergezogen. Am meisten hatte sie der tanzende Nussknackersoldat fasziniert, der an die Mauern projiziert worden war.

Lars hatte alles mit seinem Smartphone fotografieren müssen, da Karin sich einfach nicht hatte sattsehen können. Dabei war ihm ein zauberhafter, fast magischer, Schnappschuss gelungen. Natürlich hatten sie sich küssend in dem beleuchteten Bilderrahmen fotografieren lassen und auf dem Thron und dem Schoß des Weihnachtsmannes. Aber das Bild, welches Karin vor dem tiefschwarzen See, mit den Seerosen, die aus tausend Lichtern zu bestehen scheinen, zeigt, ist ihr absolutes Lieblingsfoto.

Seitdem gehört der Christmas Garden jedes Jahr zu den Orten, die sie in der Weihnachtszeit besuchen. Nichts und niemand hatte sie in den letzten Jahren davon abhalten können, außer diese blöde Corona-Pandemie.

Aber daran will Karin jetzt nicht denken. Sie genießt es in den Erinnerungen, an ihren ersten Besuch, zu schwelgen und nochmal die Begeisterung und Aufregung von damals zu spüren.

An diesem Tag im Jahr 2018 waren sie so glücklich und unbeschwert wie zwei verliebte Teenager gewesen. Und so hatten sie, unter den schmunzelnden Blicken der anderen Besucher, eine Runde auf dem Kinderkarussell gedreht und dann den Tag mit einem leckeren heißen Kakao mit Sahne und einem Schuss Amaretto ausklingen lassen.

2019

Als Karin die Seiten für das Jahr 2019 aufschlägt, nehmen ihre Augen einen traurigen Ausdruck an. In jeder Beziehung gibt es Krisen, die gehören einfach dazu. Doch das Jahr 2019 war eine extreme Belastung für Lars und sie, aber auch für ihre Kinder, die Familie und Freunde gewesen. Bis heute konnte sie nicht sagen, was passiert war, warum sie sich gefühlt von jetzt auf gleich derart voneinander entfremdet hatten.

Es war einfach geschehen. Sie hatten nicht gestritten, es waren keine Teller geflogen, es war etwas viel Schlimmeres passiert. Zumindest hatte Karin es so empfunden. Und mittlerweile weiß sie, dass es Lars ebenso ergangen war.

Es hatte Sprachlosigkeit und Desinteresse geherrscht. Sie hatten aufgehört, miteinander zu reden, sich für den anderen und sein Leben zu interessieren. Das, was ihre Beziehung immer ausgezeichnet hatte, hatten sie verloren. Zwei eigene Leben waren geblieben, doch das gemeinsame Leben, das hatte gefehlt.

Anfangs war es den Eheleuten gar nicht bewusst gewesen. Doch nach und nach hatte ihnen das Leben einen Spiegel vorgehalten. Und nicht nur das Leben, sondern auch ihre Freunde und die Familie.

Noch heute bekommt Karin einen riesengroßen Kloß im Hals, wenn sie daran denkt, wie sehr ihre Kinder unter der Situation gelitten haben, besonders Rosalie, die ja noch zu Hause wohnte. Aber auch Otto, der damals gerade die erste gemeinsame Wohnung mit seinem Freund bezogen hatte, hatte die Entwicklung sehr zugesetzt.

Und so hatte im Jahr 2019 etwas viel Wichtigeres, als das Weihnachtsfest, zu scheitern gedroht. Doch während Karin und Lars fassungslos und tatenlos zugesehen und sich in ihr Schicksal ergeben hatten, da sie nicht verstanden hatten, was passierte, hatten sich ihre Kinder nicht kampflos ergeben wollen und nach einem Ausweg gesucht. Immer wieder hatte Rosalie damals bei ihrem Bruder im Wohnzimmer gesessen, sich die Augen aus dem Kopf geheult und gemeinsam mit ihm Pläne geschmiedet.

Pläne, von denen sie einen nach dem anderen wieder verworfen hatten. Denn schließlich kann man niemanden zu seinem Glück zwingen, oder etwa doch?

Nein, das hatten sie schnell begriffen. Glück lässt sich ebenso wenig erzwingen wie Gefühle. Aber zu versuchen, ihren Eltern ein wenig auf die Sprünge zu helfen, das hatten sie als legitim empfunden. Und so hatten sie ihren Plan als vorgezogenes Weihnachtsgeschenk getarnt und ihre Eltern zur Winterauszeit in ein schönes Hotel, direkt an der Elbe, geschickt. Denn auch sie kannten die Tradition der bleibenden Erinnerungen und hatten ihren Teil dazu beitragen wollen. Zumindest hatten sie gehofft, dass es so sein würde.

Die kleine Auszeit, es waren eigentlich nur zwei Übernachtungen mit hervorragendem Essen, frischem Obst und ganz viel Erholung, im hoteleigenen Aurorabad mit Sauna, hatte die Eltern einander wieder näherbringen sollen.

Lars und Karin hatten den Kurztrip zuerst nur angetreten, weil sie ihre Kinder nicht enttäuschen wollten. Aber dann war er zu einer Art Neubeginn ihrer Beziehung geworden. Oder besser gesagt, zum Beginn einer Fortsetzung, die, im Unterschied zu vielen Filmen, mit dem Original mehr als nur mithalten kann.

Warum, das kann Karin, auch nachdem nun mehrere Jahre vergangen sind, noch immer nicht sagen. Ein Grund war auf jeden Fall der Brief, den Otto und Rosalie geschrieben und in ihre Reisetasche geschmuggelt hatten, sodass sie ihn erst im Hotel gefunden hatten. Nur einige wenige Zeilen waren es gewesen, doch sie sollten der Beginn einer ganz besonderen Winterzeit sein.

Liebe Mama, lieber Papa,

wir lieben euch und wir werden immer zu euch stehen und euch bei jeder Entscheidung unterstützen, die euch glücklich macht. Wenn die Liebe zwischen euch erloschen ist, dann werden sich eure Wege trennen. Doch wenn ihr euch noch liebt, dann werft das nicht weg, nur weil ihr euch im Moment in unterschiedliche Richtungen entwickelt. Menschen ändern sich, sie stehen niemals still. Findet heraus, wohin der Weg euch führt, wir werden immer für euch da sein und wünschen euch eine schöne Auszeit.

Von Herzen

Rosalie & Otto

Karin und Lars waren zwischen Zimmer und Badelandschaft gependelt, hatten sich das Essen per Zimmerservice bestellt und stundenlang geredet. Irgendwie war es gewesen, als ob sie sich noch einmal ganz neu kennenlernen würden. Dinge, die unausgesprochen geblieben waren, waren endlich gesagt worden. Ängste, Unzufriedenheiten und auch sich verändernde Dynamiken, zum Beispiel durch den Auszug des Sohnes.

Für das Jahr 2019 gibt es kein Foto. Die Doppelseite zeigt den Brief von Rosalie und Otto, Zeichnungen, Sprüche und Bilder aus dem Angebotsprospekt des Hotels.

Es war ein ganz besonderes Jahr gewesen, ein einzigartiges
Jahr, ein großartiger Neubeginn und genau das symbolisiert dieser Teil des Fotoalbums.

Karin blickt voller Glück auf dieses Jahr zurück, denn diese Erinnerung gibt ihr die Zuversicht, dass sie gemeinsam mit Lars und
ihren wundervollen Kindern alles schaffen kann.

2020

Das Jahr 2020 hat einen ganz besonderen Platz in Karins Herz.
Die Erinnerungen sind immer noch ganz frisch und fast greifbar.
In dem Jahr hatten Lars und sie silberne Hochzeit gefeiert. Oder
besser gesagt, sie hatten feiern wollen, doch die Corona-Pandemie hatte ihnen einen dicken Strich durch die Rechnung gemacht. Veranstaltungen und Feiern waren durch die strengen
Regeln und Auflagen unmöglich geworden und so waren nicht
nur die Feierlichkeiten der Silberhochzeit ins Wasser gefallen,
sondern auch alle Traditionen, die ihnen lieb und teuer waren,
wie die Besuche der Weihnachtsmärkte, allen voran des Strie-
zelmarktes. Kaum zu glauben, dass dies erst knapp drei Jahre
her ist. Die damaligen Regelungen waren schon echt heftig gewesen. Eine Ausgangssperre zwischen 22:00 Uhr und 6:00 Uhr.
Zusammenkünfte waren auf zwei Haushalte und insgesamt ma-
ximal fünf Personen begrenzt gewesen. Es hatte kein Alkohol-
ausschank und Alkoholkonsum in der Öffentlichkeit erfolgen dürfen. Zusammengefasst: Es war überall tote Hose gewesen.

Aber es war Lars damals trotz der widrigen Umstände ein Anlie-
gen gewesen für eine Erinnerung in dem ledernen Fotoalbum zu
sorgen. So hatte er einen Plan gefasst und seiner Karin damit
einen unvergesslichen Tag geschenkt. Zusammen mit Rosalie

hatte er in dem Garten ihres Hauses einen kleinen, aber feinen, Weihnachtsmarkt aufgebaut. Es hatte mehrere Stände, an denen für das leibliche Wohl gesorgt worden war, gegeben. An einem Stand war Glühwein ausgeschenkt worden, an einem anderen Stand, obwohl, eigentlich waren es ja nur einzelne, winterlich dekorierte, Tische gewesen, hatte es frische Waffeln mit Puderzucker gegeben. An einem weiteren Stand waren selbstgebackene Eierschecke und Dresdner Stollen angeboten worden. Die hatte Rosalie gebacken.

Aber auch das, für Weihnachtsmärkte typische, Kunsthandwerk war vertreten gewesen. Dafür hatte Otto Badesalz hergestellt und in kleine Gläschen abgefüllt, die an einem weiteren Stand angeboten worden waren. Der fünfte Stand hatte Christbaumanhänger aus Salzteig im Repertoire gehabt, ebenfalls von Otto selbst gemacht.

Der Weihnachtsbaum, der vor vielen Jahren als Provisorium gekauft und im Garten seinen endgültigen Platz gefunden hat, war im Glanz von hunderten kleinen Lichtern erstrahlt und mit allerlei Schmuck weihnachtlich dekoriert worden. Auf seiner Spitze hatte ein glänzender Posaunenengel gethront.

Karin, Lars und Rosalie, als ein Haushalt, hatten die „Stammbesetzung" des Weihnachtsmarktes gebildet, der in vorher festgelegten Zeiten von Freunden und Verwandten besucht worden war. Immer nur zwei Personen. So hatten sie zwar nicht alle gemeinsam feiern können, aber zumindest in Etappen.

Mit allen Gästen des Weihnachtsmarktes hatten sie Fotos gemacht, aus denen Lars danach zwei große Collagen gefertigt hatte, die nun die Doppelseite des Fotoalbums zieren. Diese ist zudem mit Sternen, Tannenbäumen und verschlungenen silbernen Herzen sowie der Zahl 25 dekoriert.

Jeder Gast hatte nicht nur leckeren Glühwein und Kuchen, sondern auch Badesalz oder Christbaumanhänger bekommen. Das Highlight jedoch waren die Tassen gewesen, die Lars extra für diesen Weihnachtsmarkt hatte anfertigen lassen. In ihnen war der Glühwein ausgeschenkt worden und jeder Gast hatte seine Tasse mit nach Hause nehmen dürfen. Quasi als Gastgeschenk und eine Erinnerung an diese außergewöhnliche Feier zur Silberhochzeit.

Auf der einen Seite der Tasse ist ein Foto der standesamtlichen Trauung zu sehen, über dem ein Mistelzweig schwebt. Auf der anderen Seite, ebenfalls mit einem Mistelzweig verziert, ein aktuelles Foto des Ehepaares.

Karin liebt diese Tasse und hält sie in Ehren. Nur einmal im Jahr wird sie benutzt, an dem Tag, an dem sie durch ihr geliebtes Fotoalbum blättert. Lächelnd greift Karin nach der Tasse und genießt einen großen Schluck von dem herrlich süßen Kakao mit Schlagsahne.

2021

Was das Jahr 2021, trotz der Corona-Pandemie, für sie und ihre Familie bereitgehalten hatte, damit hätte Karin nie gerechnet. Sie ist die Romantikerin in der Familie, die Weihnachtsliebhaberin. Auch wenn ihr Mann und ihre Kinder durchaus Ansätze in diese Richtung haben und sich, wie das Fotoalbum zeigt, unfassbar viel Mühe geben, ihre Sehnsüchte und Wünsche in dieser Richtung zu erfüllen. Aber mit ihr können sie nicht mithalten. Niemand kann das. Das hatte sie zumindest bis zum Jahr 2021 gedacht, doch dann hatte sie festgestellt, dass sie Konkurrenz bekam. Konkurrenz im positiven Sinne.

Auch wenn die strengen Schutzmaßnahmen, die wegen der Pandemie verhängt worden waren, viele kurzfristige Änderungen notwendig gemacht hatten. Denn die Türen zu den wundervollen Kunstsammlungen, die in den Dresdner Museen auf Besucher warten, waren damals leider verschlossen geblieben.

Als Karin am Morgen des Heiligen Abend aufgewacht war, hatte sie irritiert feststellen müssen, dass der Platz im Bett neben ihr leer war. Okay, sie schnarcht etwas, ganz besonders, wenn sie erkältet ist oder ein Gläschen Glühwein zu viel gehabt hat, aber normalerweise bekommt sie zumindest mit, wenn Lars in der Nacht das Weite sucht. Auch nirgendwo sonst im Haus hatte sie ihren Ehemann finden können. Rosalie und Otto hatten auch nicht gewusst, wo ihr Vater steckte. Zumindest hatte Karin das damals geglaubt. Das leichte Zucken um die Augen und die Mundwinkel bei ihrer Tochter hatte sie schlichtweg übersehen. Was auch daran gelegen haben könnte, dass ein großer Umschlag auf dem Küchentisch, auf dem in großen Buchstaben der Name *OTTO* geprangt hatte, nicht nur ihre volle Aufmerksamkeit genossen hatte, sondern auch die ihres Sohnes.

In dem Umschlag hatte sich ein Bild befunden. Was darauf abgebildet gewesen war, hatte Otto sofort erkannt. Es war der Innenraum der Semper-Synagoge, die leider in den Zeiten des Nationalsozialismus zerstört worden ist. Sein Lebensgefährte, Rene, ist fasziniert von diesem Bauwerk, bei dem Gottfried Semper zu maurisch-byzantinischen Bau- und Schmuckformen gegriffen und damit das früheste Beispiel für einen gänzlich am orientalischen Stil gestalteten Innenraum einer Synagoge geschaffen hatte.

Auf dem Bild hatten die Worte *Follow me* gestanden. Verwirrt, aber auch voller neugieriger Freude waren die drei in warme Winterklamotten geschlüpft und hatten sich auf den Weg gemacht. Dass Rosalie sich nicht nur das Foto, sondern auch ihr Tablet geschnappt hatte, war ihnen genauso entgangen wie die Tatsache, dass auf der Rückseite des Bildes noch etwas notiert war.

An der von Friedemann Döhner gestalteten Gedenkstele, etwa 50 Meter von dem ehemaligen Standort der Semper-Synagoge entfernt, waren sie von niemand anderem als Lars erwartet worden. Er hatte auf einem kleinen Klapphocker gesessen, ganz in Gedanken versunken, den Blick nach unten gerichtet und das Kinn auf den Handrücken gestützt. Auch als seine Familie bei ihm angekommen war, hatte er sich nicht geregt. Otto und Karin hatten damals nicht verstanden, was das alles sollte, während sich Rosalie lächelnd im Hintergrund gehalten hatte.

„Der Denker", hatte Otto nach einigem Überlegen ausgerufen. „Der steht doch im Albertinum. Guckt mal, Papa hat ja sogar ein großes A hinten auf seiner Jacke. Lasst uns gehen, das ist bestimmt eine Schnitzeljagd." Er war richtig euphorisch gewesen und hatte kaum mitbekommen, dass sein Vater sie bei der weiteren Tour begleitete.

Den kurzen Weg zum Albertinum hatte Otto tänzelnd zurückgelegt und immer wieder kleine Luftsprünge gemacht. Am Albertinum angekommen hatte er einen lauten Glücksschrei ausgestoßen, denn dort hatte niemand geringeres gestanden als Hanna, seine beste Freundin seit Kindergartentagen. Seit mehreren Jahren hatten sie sich nicht mehr gesehen. Hanna war nach dem viel zu frühen Tod ihrer Eltern von Dresden nach München gezogen. Der Kontakt war jedoch nie ganz abgebrochen.

Otto war ihr weinend um den Hals gefallen und hatte sie minutenlang nicht mehr losgelassen. Was gar nicht so einfach gewesen war, denn Hanna hatte ein etwas unförmiges Kostüm getragen. Erst auf den zweiten, von Tränen leicht verschwommenen,

Blick hatte Otto erkannt, dass es wohl eine Glocke darstellen sollte, die mit dem Schriftzug „Mein Herz ist fröhlich in dem Herrn" versehen war.

„Auf zur Frauenkirche", hatte Otto gerufen, ohne Hanna auch nur für einen Moment aus seiner Umarmung zu entlassen. Seine Umgebung hatte er kaum wahrgenommen, ebenso wenig wie den Mistelzweig aus Stoff, an dem statt Beeren ein großes R ge-hangen hatte.

Auf dem Weg zur Frauenkirche hatte Otto gebetsmühlenartig „Was machst du hier? Was machst du denn hier?" wiederholt, ohne Hanna wirklich eine Gelegenheit zur Antwort zu geben. So hatte Hanna sich nur in seinen Arm gekuschelt und das Wieder-sehen genossen.

An der Frauenkirche waren sie direkt von mehreren Personen in Empfang genommen worden. Die ganze Clique, mit der Otto und Rene gerne ihre Freizeit verbringen, hatte dort in Reih und Glied gestanden. Sie hatten verschiedene Gewänder getragen, zum Beispiel das eines Minnesängers und sogar eine Fahne, die al-lerdings statt eines königlichen oder fürstlichen Wappens nur ein R geziert hatte.

Das dies ein Hinweis auf den Fürstenzug sein sollte war Otto so-fort klar gewesen. Dennoch hatte er sich erst die Zeit genommen, alle seine Freunde und Freundinnen zu begrüßen, bevor er sei-ner Neugier nachgegeben und das Trüppchen sich auf den Weg zum Fürstenzug gemacht hatte.

Den dortigen Hinweis hatte Otto von seinem Opa bekommen, der mit einer Theater-Stab-Maske vor dem Gesicht auf ihn gewartet hatte. Im Inneren der Maske hatte ein Y gestanden, doch das hatte Otto nicht gesehen. Er hatte nur eines gesehen, und zwar, dass der Weg ihn nun zum Schauspielhaus führen sollte.

Dort angekommen hatte Otto nur noch mit offenem Mund dagestanden und seinen Augen nicht trauen können. Vor dem Schauspielhaus hatte wahrhaft Sophie, die Mutter seines Lebensgefährten, gestanden. Sie war in ein wunderschönes Nymphenkostüm gehüllt gewesen. Als sie seinen bedepperten Blick gesehen hatte, war sie ihm freudestrahlend um den Hals gefallen und hatte sich dann an seiner Hand mehrfach um die eigene Achse gedreht. Ihr Kopfschmuck war aus zierlichen Ästen und Blüten gefertigt gewesen, die ein M gebildet hatten.

Wohin ihn dieser Hinweis führen sollte, hatte nicht viel Kopfzerbrechen erfordert. Otto war sich sicher gewesen, dass die Nymphe ihn zum Zwinger führen sollte, genauer gesagt zum Nymphenbad. Er war aufgeregt und voller Vorfreude gewesen, denn er mag Jacob, Renes Vater, sehr und war sich ganz sicher gewesen, dass der ihn auch noch irgendwo erwarten würde. Und damit hatte er recht behalten sollen, denn schon an der nächsten Station, dem Nymphenbad, hatte Jacob gestanden, eingehüllt in einen Umhang, der mit den Antlitzen von sieben Komponisten bedruckt gewesen war. Otto hatte Beethoven und Mozart sofort erkannt. Die anderen hatten sich als Gluck, Weber, Rossini, Mayerbeer und Wagner entpuppt.

Nach einer herzlichen Umarmung und einem freundschaftlichen Schulterklopfen hatte sich der ganze Tross auf den Weg zur Semperoper gemacht. Schließlich weiß wohl jeder Dresdner, dass diese sieben Komponisten als Medaillons auf dem Schmuckvorhang der Semperoper abgebildet sind.

Lachend und scherzend waren sie den Weg entlang geschlendert. Vor den Toren der Semperoper waren sie von den vier Mitspielern aus der Hobby-Goalball-Mannschaft erwartet worden, in der Rene und Otto seit einiger Zeit spielten. Als die das Trüppchen hatten kommen sehen, hatte einer von ihnen angefangen, sich zu recken und zu strecken, während ein anderer so getan hatte, als würde er ein wichtiges geschäftliches Telefonat am Handy führen. Der dritte im Bunde hatte ein Tamburin geschlagen, während der letzte sich eine Schlafmaske von der Stirn über die Augen gezogen hatte.

Zum ersten Mal seit Beginn der Schnitzeljagd hatte Otto nicht die geringste Idee gehabt, wohin ihn dieser Hinweis führen sollte. Es hatte eine gefühlte Ewigkeit gedauert, obwohl es nur wenige Minuten gewesen waren, bis der Groschen gefallen war. Seine Mitspieler wollten die vier Tageszeiten darstellen und ihn zur Freitreppe der Brühlschen Terrasse lotsen.

Beschwingt, und um vier Begleiter reicher, hatten sie den Weg angetreten, an dessen Ende Rene auf sie gewartet hatte. Auf der vierten Stufe der Treppe hatte er gestanden, symbolisch für die vier Jahre, die er damals schon an der Seite von Otto hatte verbringen dürfen.

Die letzten Meter war Otto mehr gerannt als gegangen, dann war er seinem Freund stürmisch um den Hals gefallen und hatte ihn mit einem leidenschaftlichen Kuss begrüßt. Rene hatte den Kuss erwidert und ihn dann sanft von sich geschoben, seine Hände gegriffen und ihm tief in die Augen geblickt.

„Otto, vom ersten Moment an, als wir uns begegnet sind, wusste ich, dass du ein ganz besonderer Mensch bist. Ich bin unendlich glücklich, dass wir uns kennengelernt haben und ich dich in meinem Leben haben darf. Niemals wieder möchte ich dich mehr missen müssen."

Dann hatte er Otto sanft mitgezogen, sodass sich Ottos Blick zum Fuße der Treppe gerichtet hatte. Dort hatten sie alle gestanden, seine Freunde, seine Familie und Renes Familie, die ihre Buchstaben gezeigt hatten. Der letzte Buchstabe hatte sich auf der Innenseite des Umhangs befunden, den Renes Vater getragen hatte.

Zusammen hatten sie **MARRY ME?** ergeben. Die Mannschaftskollegen hatten das Fragezeichen gehalten, allerdings nur für einen kurzen Moment, denn Otto hatte sofort Ja gesagt. Da hatten sie es gegen ein großes Ausrufezeichen getauscht.

Während Rene seinem Verlobten einen schlichten, geschmackvollen Ring angesteckt hatte, war der ganze Trupp in lauten Jubel und Applaus ausgebrochen.

Die Schnitzeljagd und die Verlobung waren bereits ein unbeschreibliches Erlebnis gewesen, das sie in vielen Fotos und Videos für die Ewigkeit festgehalten haben.

Das Allerschönste war jedoch die spontane Feier gewesen, die bis tief in die Nacht gedauert hatte. Statt des geplanten Sektempfangs in dem elterlichen Haus war es ein ganz besonderes Weihnachtsfest geworden. Alle waren geblieben, hatten in Erinnerungen, aber auch in Zukunftsplänen geschwelgt. Sie hatten gemeinsam gekocht, gegessen, getrunken, gelacht und auch geweint.

Karin ist jemand, der in den Weihnachtstagen größten Wert auf Perfektion legt. Ein gut überlegtes dreigängiges Menü, abgestimmte Weine, das gute Porzellan. All das hatte sie in diesem Jahr über Bord werfen müssen, dazu waren sie einfach zu viele gewesen. So hatte es nicht nur ein buntes Sammelsurium an Tellern und Gläsern gegeben, sondern auch an allem Essbaren, was der Vorratsschrank und die Tiefkühltruhe hergegeben hatten.

Und dennoch, oder vielleicht sogar gerade deswegen, war es das perfekte Weihnachtsfest geworden.

2022

Der letzte Eintrag, der vom vergangenen Jahr, ist farbenfroh und strahlt die Lebensfreude aus, die sie erlebt hatten. Nach all den Beschränkungen, die die Corona-Pandemie zwei Jahre lang mit sich gebracht hatte, war es ihnen ein großes Bedürfnis gewesen, wieder auszugehen, zu lachen, das Leben zu genießen und alle Sorgen für einen Abend hinter sich zu lassen. Schließlich waren zu dem verdammten Virus so viele weitere furchtbare Ereignisse und Krisen hinzugekommen. Ein Krieg tobt in Europa, fast vor der Haustür, und als ob das nicht schlimm genug war, brachte er viele Sorgen und Nöte mit sich. Preissteigerungen und die Angst vor einer Energiemangellage waren nur zwei davon.

Karin sorgt sich oft. Um sich, aber noch viel mehr um ihre Kinder. Die Frage, was die Zukunft für ihre Lieben bereithalten wird, ist zu einem ständigen Begleiter geworden.

Und damals war es ganz besonders schlimm gewesen. Nicht einmal das Weihnachtsfest mit der Familie hatte Karins Anspannung wirklich lösen können. Sie war nicht wie sonst gewesen. Die Begeisterung und Freude, aber auch die Besinnlichkeit, hatten sich nicht einstellen wollen. Lars hatte schon befürchtet, dass die weißen Seiten im Fotoalbum leer bleiben würden. Denn zu dem Weihnachtsmenü in einem Travestie-Theater hatte er seine Frau schon fast zwingen müssen.

Doch im Laufe des Abends hatte die tolle Stimmung auch auf Karin übergegriffen und sie hatte nicht nur das leckere Essen, sondern die ganze Atmosphäre genossen. Okay, dass ein oder andere Glas Wein hatte vielleicht auch seinen Beitrag dazu geleistet, aber Lars war davon überzeugt, dass es die glanzvollen

Vorstellungen und die ausgelassene, fast übertrieben anmutende, Stimmung gewesen war, die seine Frau für den Moment all ihre Sorgen hatte vergessen lassen.

Die Weinauswahl, die hervorragend mit den servierten Speisen harmoniert hatte und der beste Süßkartoffel-Auflauf den sie jemals gegessen hatten, waren nur das Tüpfelchen auf dem I gewesen. Die Mascarpone-Nougat-Creme mit Glühwein-Aprikosen hatte dann den krönenden Abschluss eines hervorragenden Menüs gebildet.

So hatte Karin nicht nur ein wenig Lebensfreude zurückgewonnen, sondern auch mit viel Begeisterung die Seiten des Fotoalbums gefüllt. Darum hat dieser Eintrag, obwohl er noch kein Jahr zurückliegt, eine besondere Bedeutung für sie.

Mit einem glücklichen Seufzen schließt sie Fotoalbum und Augen und lehnt sich entspannt in ihrem Ohrensessel zurück.

ZURÜCK IM HIER UND JETZT

Ein lautes, langgezogenes „MAAAMA" lässt Karin zusammenzucken. „MAMA, wo bist du?" Rosalie steckt den Kopf durch die Wohnzimmertür und verdreht genervt die Augen. „Du blätterst ja schon wieder in diesem blöden Album. Dabei kennst du die Bilder doch schon alle und hast die schon tausende Male angesehen. Mach mal lieber heißen Kakao und Kekse!" Mit einem missmutigen Schnauben knallt Rosalie die Tür ins Schloss.

Karin spürt eine tosende Wut in sich aufsteigen, schwallartig, wie die Brandung an den Kaimauern, die sie so oft an stürmischen Tagen an der Nordsee beobachtet hat. Wie ferngesteuert legt sie das Fotoalbum beiseite und erhebt sich aus dem Sessel. Ohne wirklich wahrzunehmen, wie sie dorthin geht, findet sie sich kurz darauf in der Küche wieder.

Die Weihnachtskekse hat sie bereits am Vormittag gebacken. Sie müssen nur noch verziert werden. Mit Schokoladenglasur und vielen bunten Streuseln. Einige davon würde sie auch auf die Sahnehaube auf dem Kakao geben. Schließlich können es doch nie genug Streusel sein, oder? Und zu viele schon einmal gar nicht. Für ihr geliebtes Töchterchen immer nur das Allerbeste. Als liebende Mutter weiß sie ja, wie sehr Rosalie diese kleinen bunten Zuckerstäbchen liebt und nie genug von ihnen bekommen kann.

Mit einem diabolischen Grinsen stellt Karin die Töpfe auf den Herd. Die wenigen Minuten, die es braucht, bis die Milch kocht und die Schokolade geschmolzen ist, werden ausreichen.

Karin geht in das kleine, aber mit viel Liebe zum Detail eingerichtete, Gäste-Badezimmer. Mit einigen gezielten Handgriffen hat sie alles beisammen, was sie braucht, um ihren Plan in die Tat umzusetzen.

Sie ist stolz auf ihre weise Voraussicht die Restbestände der Tabletten, die sie und ihre Eltern in den vergangenen Jahren verschrieben bekommen haben, aufzubewahren. Einige Blister sind noch gut gefüllt. Schlafmittel in blau und rosa, Psychopharmaka in gelb und die starken roten Schmerztabletten. Nun werden sie ihr erneut gute Dienste erweisen.

Karin raspelt alle Tabletten in kleine Stifte und betrachtet stolz ihr Werk. Die perfekten Zuckerstreusel!

Mit geübten Handgriffen überzieht Karin die Plätzchen mit einer dicken Schicht Schokolade und tunkt sie dann in ihre ganz spezielle Streuselmischung. Feste andrücken, so dass fast keine braune Glasur mehr zu sehen ist. Auch auf die herrlich luftige

Sahnehaube der Kakaotasse wandert eine große Hand der bunten Pracht. Vorher noch eine Prise in den heißen Schokoladentraum. Das sollte reichen. Dann noch alles für den guten Geschmack mit einer ordentlichen Prise Vanillezucker bestäuben und fertig ist die süße Versuchung.

Zufrieden betrachtet Karin ihr Werk und richtet es auf dem weihnachtlichen Porzellantablett an, das ihre Tochter schon als kleines Mädchen bewundert hat. Wie es sich im Hotel Mama gehört, trägt Karin ihrer Tochter das Tablett ins Zimmer, wo sie es mit einem, von Liebe erfüllten, Lächeln abstellt und sich dann mit einem Kuss auf die Wange von Rosalie verabschiedet.

Die nimmt ihre Mutter kaum wahr, ist sie doch gerade voll und ganz in die neusten Stylingtipps irgendeines Internetsternchens vertieft. Für ein „Danke" bleibt da natürlich keine Zeit.

Karin schließt die Zimmertür und lehnt sich mit dem Rücken dagegen. Die Nervosität und Vorfreude raubt ihr fast den Atem, während sie angestrengt in das Jugendzimmer lauscht. Es dauert nur wenige Minuten, dann dringen die Geräusche an Karins Ohr, auf die sie gehofft, die sie sich erwünscht hat. Ein lautes, gurgelndes Röcheln, begleitet von einem heiseren Stöhnen und gepaart mit einem verängstigten, beinahe hysterischen Schluchzen und Winseln.

Mit einem selbstzufriedenen Grinsen betritt Karin das Schlafzimmer ihrer Tochter. Rosalie liegt auf dem rosafarbenen Hochflorteppich und streckt hilfesuchend die Hände zu ihrer Mutter aus. Mit einem Blick, so voller Hoffnung, dass Karin sich ein boshaftes Lachen nicht verkneifen kann.

Im verzweifelten Kampf gegen den Tod versucht Rosalie mit letzter Kraft ihren Oberkörper aufzurichten und nach ihrem Handy zu greifen um Hilfe zu holen. Es liegt nur wenige Zentimeter von ihr entfernt, doch erscheint es ihr unerreichbar. Tränen der Verzweiflung rinnen über ihre Wangen. Warum nur lässt ihre Mutter sie im Stich, hilft ihr nicht. Als ihr Mittelfinger das kühle Metall des Smartphones berührt keimt Hoffnung in Rosalie auf. Hoffnung, die schon im nächsten Moment grausam zerstört wird. Mit einem gezielten Tritt schießt Karin das Handy weg, unerreichbar für ihre Tochter.

Rosalie stößt einen verzweifelten Schrei aus. Ihr Körper fällt in sich zusammen, von Krämpfen geschüttelt, das Gesicht zu einer maskenhaften Fratze verzerrt.

„Hoffentlich bleibt das nicht so", schießt es Karin durch den Kopf. „Bei dem Anblick an der Festtafel bleibt einem ja das Essen im Hals stecken." Das letzte Schnaufen ihrer Tochter nimmt sie kaum wahr. „Ich glaube, ich habe mal irgendwo gelesen, dass sich die Muskeln nach dem Tod entspannen und das Gesicht dann nicht mehr verzerrt aussieht", versucht Karin sich selbst zu beruhigen, während sie alle verräterischen Beweise mit der langjährigen Erfahrung einer Hausfrau beseitigt.

„Aber wohin mit der Leiche, der Heilige Abend ist ja erst in zwei Tagen? Da Rosalie in dieser Zeit oft mit Freunden feiert wird ihr Fehlen kaum jemanden verwundern. Sie ist klein und zierlich, da sollte sie im Bettkasten Platz finden", überlegt Karin und einige wenige Handgriffe später ist Rosalie verstaut und nichts deutet mehr auf den verzweifelten Todeskampf hin, der sich vor nur wenigen Augenblicken in diesem Zimmer ereignet hat.

Hocherfreut über den wieder hergestellten vorweihnachtlichen Frieden zieht es Karin in die Küche. Nach all dem Drama hat sie sich ein schönes, kühles Gläschen Weißwein verdient, findet sie. Auch wenn Glühwein eigentlich besser zur Jahreszeit passt, aber sie hat keine Lust zu kochen beziehungsweise zu erwärmen. Flasche auf und einschütten, schließlich hat sie einen Grund zu feiern.

Doch kaum hört sie das erfreuliche „Plop" des Korkens wird die besinnliche Ruhe erneut von einem weitaus weniger schönen Geräusch gestört. „Schatzi?" Und dann nochmal etwas lauter. „SCHAAATZI! Hörst du mich?"

„DAS DARF DOCH JETZT NICHT WAHR SEIN!" Karin hört das Blut in ihren Ohren rauschen. „Hat man hier denn nie seine Ruhe?"

Ihre Hand verkrampft sich so sehr um das Weißweinglas, dass es in ihrer Hand zu zerspringen droht. Obwohl sie mehrfach tief durchatmet, kommt das „Was?" extrem genervt und ruppig über ihre Lippen. Jeder vernünftige Mensch wüsste, dass er nun besser den Mund halten und sich selbst helfen sollte, nicht so der Mann, der nun schon so viele Jahre an ihrer Seite verbracht hat und sie eigentlich kennen sollte.

„Liebling, kannst du mir bitte das schöne, flauschige Badehandtuch bringen? Das hier sieht ganz kratzig aus. Und dann kannst du mir auch noch ein schönes, kühles Gläschen Weißwein mitbringen. Ich kann ein wenig Entspannung gebrauchen!"

Das Rauschen in Karins Ohren wird immer lauter. „Entspannung? ER braucht Entspannung?" Karins Herz rast so sehr, dass sie ihre Umgebung nur noch unscharf wahrnehmen kann. Es sind nur Sekunden, auch wenn sie sich wie Stunden anfühlen, bis Karin vollständig die Beherrschung verliert. Vor Wut schnaubend und zitternd rennt, ja mehr noch, sprintet sie die Treppe zum Badezimmer hoch, in dem es sich ihr Göttergatte in einem sprudelnden Schaumbad bequem gemacht hat und reißt die Tür so heftig weiter auf, dass sie mit Wucht gegen die Flurwand knallt. Dass Lars zusammenzuckt und sie mit einem verstörten Gesichtsausdruck anstarrt, nimmt sie gar nicht wahr.

Ohne nur Sekunden später noch zu wissen, wie genau es dazu gekommen ist, landet der singende elektrische Weihnachtsmann mit einem letzten, gequälten „Jingle Bells" in der Badewanne.

Ein lauter Knall hüllt das gesamte Haus in beruhigende Stille und Dunkelheit. Karin atmet tief ein und genießt die Ruhe. So schnell, wie die Wut sie übermannt hat, beruhigt sie sich auch wieder. Sie lauscht in den Raum. Kein Mucks ist zu hören, nur das leise Plätschern des Wassers in der Badewanne.

Vorsichtig tastet Karin nach der Schublade des Waschbeckenschrankes. Seit einem Stromausfall vor einigen Jahren hat sie in jedem Raum eine batteriebetriebene Taschenlampe deponiert. „Gott sei Dank, die funktioniert", schießt es ihr durch den Kopf. „Ich will mich ja so kurz vor dem Weihnachtsfest nicht verletzen."

Der Strahl der Taschenlampe gleitet durch das Badezimmer und bleibt an Lars Füßen hängen. Sie ragen aus dem Wasser, der Rest des Körpers ist vom Schaum verborgen. Mit der linken Hand wischt Karin etwas Schaum zur Seite, dort, wo sie das

Gesicht von Lars vermutet, und blickt in starre, trübe Augen. Mit Bedauern nimmt sie zur Kenntnis, dass er tot ist.

Wenn sie könnte, würde sie es rückgängig machen. Sich nicht einfach dem Impuls hingeben, sondern es genießen. Doch dafür ist es nun zu spät.

Resigniert seufzt Karin. Der Weißwein muss warten, jetzt ist erstmal das Badezimmer dran. Vorher noch die Sicherungen, schließlich sind die ganzen Weihnachtseinkäufe schon im Kühlschrank. Und irgendwo muss sie Lars ja auch noch unterbringen. „Ob er neben Rosalie in den Bettkasten passt? Nee, dazu ist er zu dick. Aber im Schlafzimmer will ich ihn auch nicht. Das hatte ich lange genug."

Mit einem bösartigen Grinsen hievt sie den nassen, leblosen Körper aus der Wanne. Dass er dabei einige Male heftig anstößt, ist ihr egal. Und Lars kann es ja auch nicht mehr stören.

Karins Blick fällt auf die Auflagenbox auf dem Balkon. Als sie das Haus gekauft haben, hat sie sich mit dem großen Badezimmer und dem asiatisch angehauchten Wellnessbereich auf dem angrenzenden Balkon einen langersehnten Wunsch erfüllt. „Und praktisch ist es auch", lächelt sie, während sie Lars in die Plastikbox stopft. „Hoffentlich friert es in den nächsten Tagen nicht, sonst wird es schwer ihn vernünftig am Tisch zu platzieren."

In der Küche gießt Karin sich ein Glas Weißwein ein. „Nächster Versuch." Dieses Mal bleibt es still. Nichts und Niemand stört die vorweihnachtliche Ruhe und Besinnlichkeit.

Karin geht ins Wohnzimmer und drückt einige Knöpfe auf der Fernbedienung, dann flimmern die Bilder über den Bildschirm, die für sie untrennbar mit Weihnachten verbunden sind, Drei Haselnüsse für Aschenbrödel. Mit einem wohligen Seufzer kuschelt sie sich in die grobmaschige Wolldecke. „Das Leben kann so schön sein.“

Am nächsten Morgen wird Karin erst wach als die Sonne schon hoch am strahlend blauen Himmel steht. Ausschlafen, das hatte sie schon eine gefühlte Ewigkeit nicht mehr gekonnt. Die Bilder des vergangenen Tages schleichen sich in ihr Gedächtnis und lassen sie lächeln. Morgen wird er da sein, der Heilige Abend, und ein Blick auf die Uhr lässt Karin erkennen, dass bis dahin noch einiges zu tun ist. Schließlich steht heute das Schmücken des Tannenbaums mit der Familie auf dem Programm. Naja, zumindest dem Teil der Familie, der noch dazu in der Lage ist.

Das bedeutet aber auch doppelt oder dreimal so viel Arbeit wie in den vergangenen Jahren, denn es soll ja nicht auffallen, dass Lars und Rosalie fehlen. Also zumindest darf nicht auffallen, dass sie nicht bei den Vorbereitungen geholfen haben. Denn ein „Liebesnotfall“ bei einer guten Freundin und eine vorweihnachtliche Katastrophe auf der Arbeit können nur ihre Abwesenheit erklären, nicht aber fehlende Mithilfe beim Vorbereiten.

Und so schleppt Karin Kiste um Kiste mit Christbaumschmuck aus dem Keller und hievt den Baum, unter Aufbietung aller Kräfte, in den Ständer. Sie schafft es sogar, dass er fast geradesteht, bereit über und über mit Lichterketten, glitzerndem und hölzernem Schmuck und Lamettagirlanden behangen zu werden.

Zufrieden betrachtet Karin ihr Werk, als es auch schon an der Türe klingelt. Dort stehen Otto und Rene in diesen furchtbaren Ugly-Christmas-Sweatern und strahlen sie an. In den Händen halten sie einen prachtvollen, weißen Christstern und selbstgebackene Pfeffernüsse. Sie erinnern Karin ein bisschen an die Heiligen Drei Könige bei der Geburt des Jesuskindes.

Mit einer einladenden Handbewegung bittet sie die beiden Männer ins Haus. Nach einem kurzen Pläuschchen und einer oberflächlichen Erklärung für das Fehlen der anderen Familienmitglieder stürzen sie sich voller Begeisterung auf die prachtvolle Tanne.

Das Schmücken klappt wie am Schnürchen, aber Karin hat auch nichts anderes erwartet. Mit Otto, ihrem kleinen Prinzen, hat sie sich schon immer ohne Worte verstanden. Nie hat er sie enttäuscht. Und Rene? Er beschränkt sich auf das Anreichen, um ja nicht in die traute Eingespieltheit von Mutter und Sohn auch nur einen Hauch von Unruhe zu bringen.

Karin genießt die Zeit in vollen Zügen. Vergessen ist der Ärger des vergangenen Tages. Sie ist sich sicher, dass nichts und niemand dieses wundervolle Gefühl ruinieren kann. Oder etwa doch?

Der Baum erstrahlt schon fast in seiner vollen Pracht, als sich das Klingeln von Ottos Handy in die leise Weihnachtsmusik und ihre Unterhaltungen mischt. Entschuldigend lächelt Otto seine Mutter an, während er das Telefon aus der Hosentasche zieht und das Zimmer verlässt. Karin nickt ihm verständnisvoll zu. Der Anrufer hat einen guten Zeitpunkt erwischt. Denn für den nächsten Schritt beim Schmücken des Baumes braucht und will sie keine Hilfe. Dieser Moment gehört ihr ganz alleine, schon, seit sie ein kleines Mädchen war. Seitdem hat sie die Tradition weiterentwickelt und perfektioniert. Der Grundgedanke ist aber immer der gleiche geblieben. Eine Schleife, aus rotem Band, wird für jeden geliebten Menschen, jeden guten Freund, direkt an die Zweige des Tannenbaums gebunden.

Begonnen hatte alles als Karin acht Jahre alt gewesen war. Damals hatten neben ihren Eltern und ihrer älteren Schwester noch eine Katze und ein Hund zur Familie gehört. Auf den Hund hatte ihr Vater bestanden. Er bräuchte Unterstützung in diesem

Frauenhaushalt hatte er gesagt und so war ein Welpe bei ihnen eingezogen, als Karin sechs Jahre alt gewesen war.

Die Katze namens Elsie war viel älter gewesen, älter auch als Karin, die kein Leben ohne dieses liebenswerte, manchmal etwas überdrehte, Fellknäuel gekannt hatte. Bis kurz vor dem ersten Advent, als sie Elsie hatten gehen lassen müssen.

Karin war untröstlich gewesen und hatte sich die Augen ausgeheult. Sie hatte sich für nichts mehr interessiert, nicht einmal dafür ihren Wunschzettel für Weihnachten zu schreiben.

Nikolaus, Weihnachten, Silvester, all das hatte Karin sich einfach nicht ohne ihre flauschige Freundin vorstellen können. Da hatten sie immer so viel Spaß gehabt, noch mehr als sonst, besonders wenn Elsie mit dem Geschenkband spielte, die Kartons in Beschlag nahm und versuchte die Kugeln vom Weihnachtsbaum zu fangen.

Weder ihre Eltern, noch die Großeltern, ihre Schwester oder Freunde hatten sie aufheitern können. Selbst dem Hund war es nicht gelungen, vermisste er doch auch seine Freundin und Spielgefährtin. Auch wenn sie manchmal nicht nur sprichwörtlich wie Hund und Katz gewesen waren.

Selbst als nach mehreren Wochen der Tannenbaum im Wohnzimmer aufgestellt worden war und das gemeinsame Schmücken angestanden hatte, war Karin betrübt und nicht ganz bei der Sache gewesen. Als das rote Geschenkband, mit dem sie immer einige der Anhänger an den Weihnachtsbaum hingen, aus einer der Kisten gepurzelt war, hatte Karin die Beherrschung verloren und bitterlich zu weinen begonnen. Sie hatte ihre Fellfreundin soooo sehr vermisst und sich nichts sehnlicher gewünscht, als sie wieder bei sich zu haben. Karin hatte weggemusst, weg von dem Baum, den Erinnerungen, der Trauer und so war sie einfach aus dem Raum gestürmt.

Eingehüllt in ihre Lieblingsdecke hatte sie Fotos von Elsie angeschaut, als ihr plötzlich eine Idee gekommen war, wie ihre geliebte Katze auch an diesem Weihnachtsfest bei ihnen sein könnte. Mit viel Bedacht hatte sie ein Foto ausgewählt und es mit ins Wohnzimmer genommen, wo sie es mit einer großen, roten Schleife an einen Zweig des Tannenbaums gehangen hatte.

In dem Moment hatte Karin es als gute Idee empfunden. Doch schon am nächsten Tag hatte der ständige Anblick sie überfordert. Sie hatte es nicht ertragen ihren Verlust so deutlich vor Augen zu haben und so hatte sie das Foto wieder abgenommen.

Die rote Schleife aber war geblieben, als Symbol für ein geliebtes Familienmitglied. Damit war eine Tradition geboren, genaugenommen ihre erste eigene Weihnachtstradition.

Es ist allerdings nicht bei einer roten Schleife geblieben. Schon im nächsten Jahr waren es mehr Schleifen gewesen, für ihre Eltern, ihre Großeltern, ihre Schwester, ihre Freunde und ihre Fellfreunde. Kurz gesagt, für jeden, der ihr etwas bedeutete, egal ob sie ihn noch in ihrem Leben hat oder nur noch im Herzen und in den Erinnerungen bei sich trägt.

Mit der Zeit ist die Zahl immer weiter gestiegen und so bindet Karin auch in diesem Jahr wieder mit viel Liebe rote Schleifen an die Zweige.

Rene beobachtet die Bemühungen kopfschüttelnd. „Ohne all die kitschigen Schleifen könnte man die traumhaft schönen Anhänger viel besser sehen!"

Hastig schlägt Rene die Hand vor den Mund. Das ist ihm nur so herausgerutscht. Er wollte das gar nicht laut sagen, schließlich weiß er, wie viel Karin diese Weihnachtstradition bedeutet. Und Karin bedeutet ihm viel, schließlich ist sie die Mutter von Otto, seiner großen Liebe. Aber nun ist es zu spät. Er hat es ausgesprochen und kann es nicht mehr zurücknehmen.

Mit bangem Blick schaut er Karin an, die einfach nur dasteht. Ganz ruhig, ohne erkennbare Mimik, nur ein leichtes Funkeln in ihren Augen lässt erahnen, wie es in ihr aussieht. Rene wünscht sich, sie würde schreien, toben, denn so fühlt er sich einfach nur hilflos. Er will sich entschuldigen, es wieder gutmachen, doch er weiß, dass kein Wort und keine Geste seine unbedachte Bemerkung entschuldigen oder gar ungeschehen machen kann.

Karins Hände verkrampfen sich so fest um das Geschenkband, dass ihre Knöchel strahlendweiß hervortreten. „Wie kann er es wagen meine geliebte Tradition in den Dreck zu ziehen.“

Mit zwei, drei schnellen Schritten steht sie hinter Rene und schlingt ihm das Geschenkband um den Hals. Endlich zahlen sie sich aus, die jahrelangen Bemühungen, Geschenke wunderschön einzupacken und die intensive Suche nach dem perfekten Band, um ihre geliebten Schleifen zu binden.

Mit einer Kraft und Ausdauer, die sie sich selbst niemals zugetraut hätte, zieht sie die Schlinge zu. Immer enger und enger. Das Röcheln und leise Flehen von Rene nimmt sie nur gedämpft, wie durch einen Berg leckerer, warmer Zuckerwatte, wahr.

Die Minuten vergehen. Minuten, in denen Renes Gegenwehr ebenso erschlafft wie sein Körper, bis er nur noch wie eine Puppe in dem Band hängt.

Mit einem sanften Lächeln drapiert Karin Renes Körper in dem Ohrensessel, in dem sie selbst so gerne in Erinnerungen an vergangene Feste schwelgt. Mit einigen schnellen, gekonnten Handgriffen verwandelt sich das Geschenkband um Renes Hals in eine wunderschöne Schleife. „Eine der besten, die mir je gelungen ist", freut sich Karin lächelnd, bevor sie letzte Hand an den Baum anlegt.

In dem Moment, in dem Karin die letzte rote Schleife zurecht zieht und mit bewundernder Freude einige Schritte zurücktritt, kommt Otto ins Wohnzimmer zurück. „Genau rechtzeitig", freut sich Karin, denn seit ihr Sohn ein kleines Kind war ist es Tradition, dass er die Spitze auf den Christbaum setzt. Seit damals, als seine kleinen Patschehände gerade groß genug waren, um die Spitze zu greifen. Sein breites Grinsen, das sich in dem glänzenden Silber der Spitze spiegelte, als er sie mit der Hilfe seiner Eltern angebracht hatte, würde sie nie vergessen.

Ottos freudig verzückter Blick weicht blankem Entsetzen, als er seinen Verlobten in dem Sessel entdeckt. Was er zunächst für eine niedliche, wenn auch leicht abstruse, Idee gehalten hat, entpuppt sich beim zweiten Blick als ein Szenario, wie es aus einem Horrorfilm entsprungen sein könnte.

Sprachlos, voller Entsetzen und auch Wut, blickt er seine Mutter an. Ihre Worte „Schau mal, extra für dich mein Schatz. Freust du dich? Die Schleife ist mir doch hervorragend gelungen, findest du nicht auch? Nur für dich, mein geliebter kleiner Prinz. Nur für dich." erreichen zwar sein Ohr und auch sein Gehirn, doch wirklich verarbeiten kann er sie nicht. Immer und immer wieder wandert sein Blick zwischen dem furchterregendsten Geschenk seines Lebens und seiner Mutter hin und her, die ihn mit freudiger Erwartung ansieht.

Doch mit jeder Minute, die verstreicht, ändert sich ihr Gesichtsausdruck. Der glückliche Ausdruck weicht erst Ungeduld, dann Gereiztheit und schlussendlich blanker Wut. Wie in Zeitlupe bewegt Karin sich weg von dem wunderbaren, mit so viel Liebe für ihren Sohn hergerichteten, Geschenk hinüber zu dem

Tannenbaum, ohne dabei den Blick auch nur für eine Sekunde von ihrem kleinen Prinzen abzuwenden.

Vorsichtig, fast zärtlich, nimmt Karin die Christbaumspitze aus der Verpackung. Sanft streichen ihre Hände über die glänzende Oberfläche. Ihre Finger zeichnen die Rundung an der Spitze nach. „Wirklich spitz ist sie zwar nicht, aber mit etwas Kraft müsste es gehen."

Karins rechte Hand umklammert fest den Aufsatz der Spitze, bevor sie mit einer schnellen, flüssigen Bewegung zusticht. Leicht, viel leichter als sie erwartet hat, bohrt sich die Spitze tief in den Körper ihres kleinen Prinzen. Und so leicht wie ein Messer aus der Butter kann sie die Spitze auch wieder herausziehen. Zu ihrer Verwunderung, aber auch großen Freude, ist sie unbeschädigt.

Während der Körper ihres Sohnes auf dem Wohnzimmerboden aufschlägt und das Blut tiefer und tiefer in den Teppich einsickert, befreit Karin die glänzende Spitze von allen Spuren ihrer Tat und setzt sie, milde lächelnd, ganz oben auf den Baum.

„Das wird ein wundervolles, ruhiges und friedliches Weihnachtsfest", freut sich Karin. Sie kann den Heiligen Abend kaum noch erwarten.

Entspannt und gut erholt erwacht Karin am Heiligen Morgen und streckt erst einmal ausgiebig die Glieder. Es ist noch einiges für das perfekte Weihnachtsfest, auf das sie sich so sehr freut, vorzubereiten. Die Einkäufe sind erledigt, aber der Tisch muss noch gedeckt und das Essen vorbereitet werden. Und die festliche Kleidung nicht zu vergessen. Jogginghosen oder ausgewaschene Pullover duldet Karin nicht. Im Urlaub, okay, oder wenn die Kinder mit ihren Freunden abhängen, aber nicht am wichtigsten und schönsten Tag des Jahres. Auf keinen Fall!

Sie muss sich sputen, wenn sie rechtzeitig fertig werden will. Schließlich hat sie die hilfreichen Hände in diesem Jahr alle ausgelöscht. Und so muss Karin sich ziemlich abmühen, um alles rechtzeitig zu erledigen.

Besonders der stark unterkühlte Körper von Lars treibt ihr die Schweißperlen auf die Stirn. „Sogar tot macht er noch Ärger", schießt es ihr durch den Kopf.

Doch selbst die größte Anstrengung und alle Probleme, die sich im Laufe der Vorbereitungen ergeben, können Karins gute Laune nicht trüben. Ruhig und gelassen stellt sie sich allen Herausforderungen und bereitet den Heiligen Abend vor.

Glücklich und sehr zufrieden betrachtet Karin am Heiligen Abend die stilvoll gedeckte Festtafel. Dicke rote und goldene Stumpenkerzen fügen sich mit kleinen Gestecken aus Tannenzweigen, goldenen Tannenzapfen und filigranen roten Glaskugeln zu einem atmosphärischen Gesamtbild. Ihre geliebte Familie hat sich bereits um den Tisch versammelt.

„Gut sehen sie aus", freut sich Karin. Besonders ihre Tochter, in dem schlichten, schwarzen Etuikleid mit hohen, ledernen Stiefeln, dem filigranen Ohr- und Halsschmuck mit Granat, Erbstücke ihrer Großmutter, als dezente Farbtupfer, überstrahlt selbst die Schönheit des Christbaums. Aber auch die Männer der Familie können sich sehen lassen. „Schick sieht er aus, mein Mann. Die schwarze Anzughose, das hellblaue Hemd und die Krawatte in verschiedenen Blautönen, perfekt abgestimmt."

Karins stolzer Blick wandert zu ihrem Sohn und seinem Verlobten. „Jung, modern, leger und dennoch festlich sehen sie aus. Das marineblaue Hemd steht meinem kleinen Prinzen perfekt. Das tannengrüne Hemd unterstreicht Renes grüne, strahlende Augen."

Karin dreht sich um die eigene Achse, während sie sich ein Stückchen Brot vom Tisch schnappt, es in den leckeren Dip tunkt und sich genüsslich in den Mund schiebt. Das knielange, dunkelrote Samtkleid mit der schwarzen Strumpfhose und den passenden Stiefeletten umschmeichelt ihren Körper. Der schmale, goldene Gürtel betont ihre Taille. „Ich habe immer noch eine gute Figur", schießt es Karin durch den Kopf. „Da darf ich mir an solch einem Festtag auch einmal etwas gönnen."

Und so wandern nicht nur mehrere gut gehäufte Löffel ihres leckeren, selbstgemachten Kartoffelsalats auf den Teller, sondern auch eine Bockwurst aus dem kleinen Familienbetrieb direkt um die Ecke. Dazu ein dicker Klecks Bautz'ner Senf. Mittelscharf. Ein einfaches, aber köstliches Weihnachtsessen, ganz so wie früher als das Geld noch knapp, die Freude über Kleinigkeiten aber umso größer war.

Auch ihre Familie greift reichlich zu, wie Karin mit einem glücklichen Lächeln bemerkt. Den krönenden Abschluss würde das weihnachtliche Tiramisu bilden, das im Kühlschrank darauf wartet, verspeist zu werden. Auf einen süßen Abschluss kann und will Karin nie verzichten.

Die erste Gabel des herzhaften Kartoffelsalats entlockt ihr ein wohliges Seufzen.

Karin erhebt strahlend ihr Weinglas: Auf das perfekte Weihnachtsfest im Kreise der Familie!

- ENDE -

Ein lautes, langgezogenes „MAAAMA" lässt Karin zusammenzucken. Mit der linken Hand wischt sie sich den Schlaf aus den Augen, mit der rechten Hand streicht sie über das lederne Fotoalbum, das noch immer auf ihrem Schoß liegt.

„Wie lange habe ich geschlafen?" Der Kakao ist in der Zwischenzeit auf jeden Fall eiskalt geworden, wie Karin nach einem Schluck angewidert feststellt.

Lächelnd legt sie das Album zur Seite. Es ist an der Zeit die Plätzchen zu verzieren und die Familie zu verwöhnen.

Sie liebt sie sehr, doch gerade die Weihnachtszeit ist auch von Stress geprägt und so gehört nicht nur das Schwelgen in Erinnerungen, sondern seit einiger Zeit auch der mörderische Traum fest zu ihren Weihnachtstraditionen.

Karin kann nicht verhehlen, dass sie das Träumen genießt – ein klitzekleines bisschen zumindest.

Und in manchen Jahren auch ein bisschen mehr!

- ENDE -

Wer mich und meine Bücher schon ein wenig kennt, der weiß, dass ich diese immer mit einem Rezept oder Basteltipp oder etwas in der Art beende, passend zu der jeweiligen Geschichte. Diese „Tradition" möchte ich fortsetzen und darum habe ich auch hier wieder ein schnelles Rezept, passend zur Geschichte.

Schnelles Brot mit Wein

Zutaten:

500 Gramm Mehl
250 Milliliter (Weiß)Wein
1 Päckchen Backpulver
1 Esslöffel Zucker
1 Teelöffel Salz
20 Gramm geschmolzene Margarine

Zubereitung:

Alle Zutaten mit Ausnahme der geschmolzenen Margarine zu einem glatten Teig verkneten und in eine gefettete Kastenform geben. Mit der geschmolzenen Margarine bestreichen und im vorgeheizten Backofen bei 180 Grad Celsius (Umluft) etwa 40 Minuten backen.

Ihr lebt vegan? Dann einfach einen veganen Wein nehmen.

Nach dem Einbruch der Dunkelheit geht im Dresdner Zwinger die Post ab. Als in der Nacht des 20. Dezember der erste Wintersturm um die Ecken pfeift, zerbricht nicht nur ein Fenster.

Ein Verbrechen, von langer Hand geplant, kommt zur Ausführung. Die Porzellanballerina Lysande von Meißen wird gestohlen. Oder sollte man sagen, entführt? Immerhin gehört sie zu den sogenannten belebten Bewohnern der Museen, die allnächtlich ihre Podeste und Vitrinen verlassen, um ihren Alltagsgeschäften nachzugehen.

Wird sie bis zum Weihnachtsfest wieder auftauchen? Und was hat das Glockenspiel im ebenso genannten Tor des Zwingers damit zu schaffen?

Was die Frage aufwirft, ob Glocken reden können?

Paula ist eine kleine Eule, die in Dresden, der Landeshauptstadt von Sachsen, Zuhause ist.

Mit ihren Eltern, Hildegard und Fridolin, und ihren beiden älteren Geschwistern, Hanna und Felix, lebt sie im Turm der Dresdner Kreuzkirche am Altmarkt. Dort hat die Eulen Familie eine sehr kuschlige Wohnung mit tollem Ausblick.

Paula ist eine wissbegierige kleine Eule, die ihre erste Advents- und Weihnachtszeit erlebt und dadurch sehr interessiert und neugierig auf alles und Jeden ist.

Gerade in dieser Zeit passieren die zauberhaftesten Dinge, von denen ich euch gern erzählen möchte.

Lasst euch einfach von mir in das zauberhaft verschneite Dresden entführen und lest selbst…

Eine Geschichte für Jung und Alt.

Nach einer Führung durch die Frauenkirche bleibt Julitta auf der Kuppel zurück, um noch ein wenig den Blick auf das vorweihnachtliche Dresden zu genießen. Plötzlich hat die junge Chirurgin das Gefühl, nicht allein hier oben zu sein. Jemand beobachtet sie heimlich. Ist es ihr Klinikkollege Lars, der sie schon länger vergeblich anbaggert oder vielleicht der geheimnisvolle Mann, den sie einige Wochen zuvor auf dem Allgäuer Nebelhorn kennengelernt hat?

Julitta spürt, dass sie in großer Gefahr schwebt. Und während sie fieberhaft überlegt, wie sie ihrem Verfolger entkommen kann, spitzt sich die Situation immer weiter zu.

Als Michelinda im italienischen Pezaro aus einem hervorragenden Stück Granit herausgearbeitet wurde, war die Welt für sie noch perfekt. Die Gargoyle konnte es kaum erwarten, endlich ganz aus dem Stein herausgeschnitten zu werden. Plötzlich kamen Diskussionen auf, dass eine Dame wie sie doch niemals so schnöde Arbeit wie die eines Wasserspeiers durchführen könne. Immerhin war sie einmal die Gemahlin eines Adligen gewesen. Und später, so warfen einige Franziskanerinnen ein, hatte sie sich deren Orden angeschlossen. Also wurde beschlossen, sie zwar fertig zu stellen, aber ihr keine Funktion zuzuweisen. Was Michelinda zwischen alle Stühle geraten ließ, denn sie war weder eine funktionale Gargoyle noch eine hochnäsige Heiligenfigur. Was die anderen Statuen und die „echten" Wasserspeier sie allnächtlich spüren ließen. Ihr einziger Halt war ein kleiner bunter Lichtpunkt am Himmel. Ob es wohl auch für sie Hoffnung geben konnte? Und wie, verflixt nochmal, gerät sie auf einmal nach Dresden? Fragen über Fragen.